La fille de l’amnésique

Jean-Pierre Ruffier

La fille de l'amnésique

Roman

LE LYS BLEU
ÉDITIONS

ISBN : 979-10-377-9636-3

La Franche-Comté, vous connaissez ? C'est une région de France coincée entre la Suisse au sud et l'Alsace au nord. C'est là que vit Ninon, une jeune fille de 24 ans. Son village, c'est Voujeaucourt, elle y a grandi, a fréquenté ses écoles et son collège. Elle a vu une zone commerciale s'y implanter et à vrai dire, petit à petit, Voujeaucourt n'a plus eu à envier quoi que ce soit aux villes du coin. Même les associations y sont nombreuses et proposent des activités variées. C'est dans cet environnement simple, mais agréable que Ninon vit sa vie de jeune adulte. Elle hésite encore sur la direction à donner à son avenir professionnel, mais en attendant de choisir son métier futur, elle sévit en tant que correspondante pour le journal local. Elle rédige quelques articles, traitant des faits divers survenus sur la commune. Mais ici et maintenant, elle est sur le point de partir en vacances. Elle tourne en rond dans sa chambre en attendant Ludivine, sa meilleure amie qui doit venir l'aider à préparer ses valises. Non pas qu'elle ne serait pas capable de le faire seule, mais ce sera surtout une occasion de plus pour passer un bon moment entre copines… Ludivine c'est plus que ça, c'est son mentor, son modèle, sa siamoise de cœur, une partie d'elle et chaque séparation prend vite l'apparence d'un déchirement ou d'une rupture, d'un adieu définitif… C'est douloureux, c'est tout !

Vive les vacances

Ce n'est pas la première fois que Ninon part seule en vacances, chaque année, elle a pris l'habitude d'aller visiter un joli coin de France. Cette année, cependant, ce sera un peu différent. Pour commencer, elle va partir plus longtemps que pour ses séjours précédents. Elle s'en va trois semaines, jusque-là, ses escapades n'avaient jamais dépassé huit jours. Ensuite, c'est la première fois qu'elle loue une maison, elle était plus habituée au « all inclusive » qu'elle réservait dans les hôtels qui la recevaient. Enfin, elle sait que lorsqu'elle rentrera elle ne trouvera personne à qui raconter ses visites ou ses rencontres. Bien sûr, il y aura Ludivine, mais ce n'est pas pareil… Ludivine voudra juste savoir si elle a découvert l'homme de sa vie ou si au moins elle a pu flirter avec de jeunes autochtones empreints de culture et de régionalisme ancrés dans leurs veines.

Sa grand-mère, qui s'est occupée d'elle depuis que ses parents sont morts dans un accident de la route, ne pourra plus l'écouter. Elle ne l'attendra plus pour croire à ses récits enjolivés et pour commenter les photographies qu'elle aura accumulées dans son portable. Elle ne sera plus jamais là, sa mamie, elle a fermé les yeux au milieu de l'automne, comme ça, sans prévenir. Un matin de novembre, Ninon allait juste lui déposer sa baguette quotidienne et partager avec elle un café que la septuagénaire préparait encore à l'ancienne dans une cafetière italienne, ustensile dont Ninon n'avait jamais compris le fonctionnement. Cent fois, son aïeule a essayé de lui expliquer, mais Ninon avait abdiqué depuis longtemps. Elle savait qu'elle ne ferait pas perdurer la tradition. Mais en ce jour de novembre, en entrant dans la maison, pas d'odeur de café, pas de bruit… Rien. Elle appela, mais pas de réponse, elle essaya encore une fois, mais seulement le silence. Elle s'approcha de la chambre de sa mamie, mais déjà elle savait… Déjà, elle redoutait le pire. Ce qu'elle vit en poussant la porte lui arracha un cri. Sa grand-mère gisait là, sur le sol, à peine recouverte par un drap qu'elle avait dû entraîner avec elle dans sa chute. Ninon s'est précipitée, elle a pris la dame aux cheveux gris, dans ses bras, mais c'était trop tard, elle ne respirait plus, elle était partie sans lui dire au revoir. Ce fut très difficile pour Ninon, il ne lui restait qu'elle, son « pépère » comme elle l'appelait, les avait déjà quittées plusieurs années auparavant quand elle sortait de l'enfance. Elle avait eu beaucoup de mal à accepter son départ, croyant à une injustice divine. Après le décès de sa mamie, elle a ressenti ce sentiment d'abandon qu'elle connaissait chaque fois que s'en allait quelqu'un qui comptait pour elle. Cette fois, il atteignit une intensité extrême et certainement à tout jamais inégalable…

La sonnette se fit entendre. C'était Ludivine, cela signifiait que l'heure de partir approchait et rien ne semblait prêt, les valises posées sur son lit demeuraient désespérément vides. Elle tournait en rond, ne savait pas quoi emporter. Ludivine est entrée dans la pièce et tout sembla s'illuminer, c'était une pile électrique, cette fille, elle était à peine plus âgée que Ninon, bien que plus petite de taille. Les talons de ses chaussures lui permettaient de masquer cette légère différence. Elle portait toujours des vêtements colorés et gais qui avaient comme fonction principale d'attirer tous les yeux sur sa personne. Quand elle entrait dans une pièce, elle dégageait un halo lumineux et une chaleur douce et réconfortante. Elle appartenait à ce genre de personnes à qui il suffisait de dire un mot pour qu'elles assurent toute la conversation, questions et réponses. Mais elle faisait preuve d'une gentillesse exceptionnelle, toujours prête à rendre service et encore plus quand c'était Ninon qui lui en faisait la demande. Donc c'est ainsi que dès lors que Ninon lui a avoué qu'elle ne savait pas quoi mettre dans ses valises, la pétillante Ludivine a pris les choses en main. Tout en commentant chacun de ses choix, elle a rempli les bagages avec une sorte de professionnalisme instinctif.

— Alors, tu prends des petites culottes, les plus belles, on ne sait pas qui tu peux rencontrer là-bas, on va en ajouter deux de plus. Tu ne réussiras peut-être pas à te débrouiller avec la machine à laver et si tu dois te rendre à la blanchisserie automatique, tu ne vas pas y aller tous les jours… Tu as pensé aux chaussettes, aux collants… Je te mets des pantalons et des tee-shirts. C'est plus cool pour bouger, mais il te faut aussi des pulls, même si tu vas dans le Sud, ce n'est pas encore le printemps et les soirées peuvent s'avérer fraîches… En parlant de soirées, tu dois emporter une ou deux jolies robes, on ne sait jamais… Je te laisse choisir tes chaussures, tu es une grande fille, alors des baskets, OK… Et des autres un peu habillées… euh… Prends les noires, ça va avec tout, les rouges parfois c'est difficile… Et ta trousse de toilette…

Pendant qu'elle parlait, les valises se remplissaient, tant et si bien qu'elles avaient tendance à déborder. Ninon dut freiner sa costumière pour que celle-ci ne vide pas entièrement les armoires. Elles n'eurent pas le choix, pour fermer les valises, il fallut que Ludivine monte sur chacune d'elles afin que Ninon puisse faire glisser la tirette des Fermetures Éclair. C'est à ce moment bien entendu, qu'elle s'aperçût qu'elle avait oublié de mettre dans l'un ou l'autre des bagages, le roman de Gilles Legardinier. Elle l'avait acheté pour meubler les instants de calme et de tranquillité qu'elle espérait bien s'octroyer pendant ses vacances. Ne voulant pas anéantir tous les efforts qu'elle et son amie venaient de consentir, elle l'enfouit dans son sac à main, ce qui conduira ce dernier à rester ouvert pendant tout le voyage. Comme Ludivine s'est engagée à s'occuper de l'appartement pendant l'absence de Ninon, elle dut s'enquérir des soins à apporter aux différentes plantes qui participaient à la décoration du petit logement. Ninon paraissait prête. Ludivine s'assura encore que son amie avait bien enregistré ses réservations dans son téléphone, qu'elle avait retiré un peu d'argent liquide, d'après ses dires, on peut toujours en avoir besoin. Et enfin, que Ninon lui eût bien laissé les clés de sa boîte aux lettres sur le trousseau, qu'elle lui avait préparé. Après ces dernières vérifications, le temps était venu pour les filles de charger la voiture pour rejoindre la gare TGV à une petite demi-heure de route.

Il n'est pas aisé de mettre tous les habits que l'on veut transporter dans deux valises, Ninon en a fait la douloureuse expérience. Il est plus ardu encore de réussir à caser les deux bagages, ainsi qu'une mallette et un sac à dos dans la voiture de Ludivine. Pour être jolie, elle était jolie cette voiture, mais elle était toute petite, très pratique pour se garer et pour manœuvrer, mais pour accompagner une copine à la gare, elle était un peu limite. Elles ont chargé, déchargé, recommencé, et après quelques essais plus ou moins artistiques, avec un peu d'énervement, elles y sont arrivées. Ninon a gardé son sac à dos sur ses genoux, mais la voiture a pu démarrer.

Les filles ont peu parlé au long du trajet qui les menait à la gare. Aux quelques interrogations de Ludivine, Ninon répondait brièvement par des « oui », des « non » et des « peut-être » ou des « je ne sais pas ». Lasse de poser des questions qui restaient sans échos réels, Ludivine finit par allumer son autoradio. Ceci eut pour effet de sortir Ninon de son état léthargique et de faire chanter les demoiselles sur les tubes sélectionnés par la conductrice. Elles arrivèrent à la gare quelques minutes avant l'heure de départ. Ludivine proposa donc, à la voyageuse, de l'accompagner avec tous ses bagages. Avant d'accéder à l'espace d'embarquement, les filles prirent le temps de consulter les écrans qui leur donneraient les dernières informations. Ainsi, elles apprirent que le train entrerait en gare à l'heure, qu'il fallait l'attendre sur le quai 2, voie C, se positionner à proximité du repère W… Ludivine ne put s'empêcher de se moquer :

— Si avec tout ça, tu viens à le rater, c'est que tu l'auras expressément voulu.

Ninon lui répondit par une grimace de circonstance et toutes deux prirent la direction du quai 2, voie C, repère W. Sur place, Ludivine s'empressa de donner ses dernières recommandations à son amie, car dès lors les minutes étaient comptées.

— Tu montes, tu poses tes bagages à l'entrée de ta voiture puis tu vas chercher ton siège et tu t'installes. Surtout, tu ne lâches pas ton sac à main, tu sais qu'il est ouvert. Si tu dois aller aux toilettes, tu l'emmènes avec toi.

— Je te rappelle que j'ai déjà pris le train, ce ne sont ni mes premières vacances ni mon premier voyage, j'ai bien grandi, tu sais…

Cette dernière remarque fit naître une moue dubitative sur le visage de Ludivine qui a constamment gardé Ninon sous son aile. Elle la considérait depuis toujours comme sa protégée. Dès lors, elles n'eurent que le temps de se faire une énorme bise. Le train s'approcha dans un bruit tel, qu'il aurait couvert tous les mots qu'elles auraient encore pu vouloir se dire. Il semblait arriver si vite qu'il paraissait improbable qu'il s'arrête et pourtant, il se mit à ralentir jusqu'à s'immobiliser complètement. Les choses étant tellement bien faites, la porte par laquelle devait entrer Ninon s'ouvrit juste devant elle. Elle pénétra dans la rame et déposa ses grosses valises à l'endroit qui leur était destiné. Puis elle se mit en quête de la place numérotée qui lui était attribuée sur sa réservation. Elle remarqua tout de suite l'ambiance feutrée qui régnait dans le compartiment, elle n'avait pas l'habitude de voyager en première classe, mais profitant d'une promotion intéressante, elle s'était laissé tenter. Après quelques pas, très vite, elle trouva sa place. Elle eut juste le temps de hisser son sac à dos dans le support prévu à cet effet au-dessus d'elle. Enfin, elle répondit aux signes désespérés de Ludivine qui courait déjà à côté du train pour l'accompagner sur quelques mètres encore. Le dernier sourire échangé avec son amie resta un instant sur son visage, le temps qu'elle mit à retirer sa veste et à s'installer correctement dans son siège.

Elle s'aperçut qu'elle se sentait vraiment à l'aise, le fauteuil était large et elle avait toute la place nécessaire pour allonger ses jambes. Cela lui convint tout à fait et rien que pour cette raison, elle ne regretta pas d'avoir opté pour ce voyage en première classe. Dès qu'elle eût terminé l'analyse de son confort personnel, elle eut envie de faire le point sur ses compagnons de route. Elle dut se rendre à l'évidence, le compartiment était loin d'être surpeuplé. Un monsieur d'une quarantaine d'années, costume-cravate et attaché-case, semblait corriger un document important sur son ordinateur portable. Un jeune homme assis juste devant elle s'était enfermé dans sa bulle, capuche remontée sur des cheveux naturellement frisés. Sa barbe naissante faisait penser à celles des étudiants qui souhaitent ainsi signifier leur sortie de l'adolescence. Ses yeux étaient fermés et les écouteurs qu'elle pouvait deviner dans ses oreilles disaient clairement de lui qu'il n'était pas ouvert à une quelconque communication. Elle trouva ceci dommage, le temps aurait pu lui paraître moins long s'il avait conversé avec elle. Tout au fond du compartiment, elle entendait plus qu'elle voyait, une mamie et un petit garçon qui devait être son petit-fils. Le bambin parlait à haute voix et faisait profiter tous les voyageurs de ses remarques d'enfant. La grand-mère répondait en chuchotant. Le contraste de leurs voix l'amusait. Ils étaient du reste, les seuls à mettre un peu de vie dans cet univers transitoire qui les accueillait et les emmenait dans leurs ailleurs respectifs. Sa prise de repère touchant à sa fin, elle chercha encore du regard les informations affichées au-dessus des portes afin de savoir de quel côté se diriger si une envie pressante venait à la surprendre. Ce faisant, le conseil de Ludivine concernant son sac à main lui revint à l'esprit, elle s'assura donc de sa présence à côté d'elle, il se trouvait là, juste à côté. Enfin, ses yeux se posèrent sur les paysages qui défilaient déjà à grande allure. Après avoir habitué son regard, elle reconnut quelques villages et put ainsi se situer provisoirement sur le début de l'itinéraire. Petit à petit, ses yeux se perdirent dans ses paysages qui se succédaient trop vite, en même temps, le rythme du train finissait d'engourdir tous ses sens.

Elle n'essaya pas de lutter et laissa vagabonder ses pensées, cela n'avait aucun intérêt de résister.

Dans un premier temps, celles-ci prenaient deux directions simultanément. Elle se projetait vers cette maison qu'elle avait louée sans la connaître. Comment serait-elle meublée ? Bénéficiera-t-elle de tout le confort promis par le propriétaire ? S'y plaira-t-elle tout simplement ? En parallèle, elle pensait à sa mamie. Pourquoi voulait-elle tant qu'elle aille dans cette petite ville du sud de la France ? Pourquoi pile dans cette maison ? C'est vrai, c'est sa mamie qui avait découvert l'annonce et qui avait gardé précieusement toutes les coordonnées. Elle lui avait fait promettre qu'un jour, elle irait. Elle souhaitait venir avec elle, mais ça, elle n'aura pas eu le temps. Pourquoi pleurait-elle quand elle lui parlait de cet endroit ? Et comment l'avait-elle connu ? Elle n'a jamais été une grande voyageuse. Pourquoi tant de mystères autour de cette adresse ? Ninon ne tarderait pas à savoir.

C'est le contrôleur qui la sortit de ses interrogations. Il voulait juste vérifier son billet et s'excusa de la déranger, comprenant aisément qu'il n'intervenait pas au meilleur des moments. Ninon mit quelques secondes pour retrouver ses esprits et reconnecter tous ses neurones. Elle pianota sur son téléphone et le tendit au contrôleur, tout y était enregistré. En le lui rendant, ce dernier tenta un petit :

— C'est quand même beau la technologie !

Pour toute réponse, Ninon lui sourit. Il passa dans le compartiment suivant pour continuer ses vérifications. En jetant un œil sur l'écran de son portable qu'elle n'avait pas encore rangé, elle vit que le train roulait depuis plus de deux heures. Elle avait parcouru plus de la moitié de la distance qui la séparait de sa première étape, la gare de Montpellier. Elle savait qu'elle devait attendre un certain temps à cet endroit. Elle espérait qu'elle pourrait aller boire un café sur la célèbre place de la Comédie, c'était un petit engagement sans enjeux qu'elle avait pris avec Ludivine avant son départ. La preuve réclamée par son amie consisterait en un selfie le plus explicite possible. En relevant la tête, elle s'aperçut que l'homme à l'ordinateur avait disparu, il était déjà descendu alors qu'elle ne s'était pas rendu compte que le train avait précédemment marqué un arrêt. La suite de cette première partie de voyage lui permit juste de dénombrer les déplacements du gamin et de sa mamie qui devenaient de plus en plus fréquents au fil des kilomètres. Le pauvre bambin devait avoir des fourmis dans les pieds.

Le train entra en gare de Montpellier Saint-Roch. Cela sera le coup de chance du voyage. Ninon se situera à deux cents mètres à peine de la place de la comédie. Si son TGV était passé par la nouvelle gare nommée Sud de France, c'en était raté de ses espoirs de selfie. Ninon a récupéré ses bagages comme l'annonçait la voix dans les haut-parleurs, à l'arrêt complet du train. Elle est descendue du wagon, a vérifié l'heure de sa correspondance et est sortie de la gare en laissant ses deux grosses valises à la consigne. Après avoir demandé son chemin à quelques personnes rencontrées sur le parvis, elle arriva rapidement sur la place espérée. Quel espace ! elle se sentait si petite au pied des bâtiments haussmanniens. À l'extrémité de la place, en face d'elle, l'opéra Comédie, salle de théâtre et de concert, agissait sur Ninon comme un aimant. Il fallait qu'elle s'en approche et plus elle avançait, plus elle découvrait autour d'elle des tas de particularités, qui ont participé à la renommée de l'endroit. Tout d'abord, le cinéma Gaumont avec sur sa gauche une drôle de bulle à hublots, les gens d'ici l'appellent le « scaphandrier ». Ninon pensa qu'à l'intérieur, elle s'assurerait une vue imprenable sur une grande partie de la ville, elle s'amusa à imaginer les piétons si petits depuis ce point de vue peu banal. Elle fit également connaissance avec Aglaé, Euphrosine et Thalie, les trois Grâces surplombant la fontaine du même nom. Elles représentaient la séduction, la beauté, la nature, la créativité et la fécondité. Tout en caressant la surface de l'eau de sa main, Ninon sourit en se disant qu'elle pourrait tout à fait être associée à ces trois déesses. Franchement plus nature qu'elle, ce n'est pas possible, plus belle, n'en parlons pas, créative, ça ne fait aucun doute... Séductrice, pourquoi pas ? Tout peut arriver sous le soleil montpelliérain. Elle espère, par ailleurs, n'avoir aucun souci avec sa fécondité et pour l'instant, rien ne prouvait le contraire. Elle serait donc une quatrième déesse parfaite. Zeus n'ergoterait pas pour une fille de plus...

Perdue dans ses rêveries, elle en avait presque oublié la raison première de sa présence sur cette place. Un selfie pour Ludivine à la terrasse d'un café. Elle sortit sa main de l'eau, la secoua, éclaboussa au passage un couple d'amoureux qui immortalisait lui aussi son passage sur la célèbre place. Après s'être excusée, elle alla s'asseoir sur les marches de l'Opéra, d'un regard circulaire, elle repéra tout proche, le café du théâtre et sa jolie terrasse ombragée. Elle se dirigea vers ce lieu qui lui réserva une belle surprise. Chaque chaise arborait sur son dossier le nom d'une actrice ou d'un acteur célèbre. Les premiers qu'elle lut lui dévoilèrent Alain Delon, Catherine Deneuve, Charlotte Gainsbourg, Jean Dujardin... Ninon a opté pour celui d'Angélina Jolie. Elle commanda un « Perrier-rondelle », se prit plusieurs fois en photos, soit souriante, soit grimaçante, la tête penchée d'un côté ou de l'autre afin de pouvoir choisir le cliché qu'elle enverrait à son amie. Elle s'amusait même seule, comme une petite fille, ce fut donc tout à fait par hasard qu'elle s'aperçut que le temps s'écoulait plus vite qu'elle ne le pensait. Elle avala deux grandes gorgées de liquide pétillant, mais dut finalement en laisser au fond de son verre pour rejoindre promptement la gare et attraper sa correspondance. Elle traversa la place en marchant d'un bon pas, se retourna une dernière fois et fonça récupérer ses bagages, repérer le quai d'où partirait son train et s'y rendre.

Le T.E.R se trouvait déjà là, on aurait dit qu'il l'attendait. Elle s'y engouffra, posa son lourd chargement et s'installa à une place, qui lui permettait de voir les flux montants ou descendants des passagers. Quelques minutes plus tard, elle entendit les moteurs démarrer et les roues s'élancèrent sur les rails. Elle n'eut pas l'occasion de se perdre dans ses pensées sur cette partie du trajet. Le confort tout relatif des sièges et les nombreux arrêts la maintenaient dans un état de conscience proche de la normale. Elle remarqua ainsi qu'elle était la seule à être encombrée de valises, les autres passagers ne portaient en général qu'une pochette en plus de leur bagage à main. Elle en déduit que tous ces voyageurs qui l'accompagnaient n'étaient sans doute pas des vacanciers, mais des gens du cru. Ils se déplaçaient vers les grandes villes pour des raisons professionnelles, à savoir Sète, Béziers, Narbonne ou Perpignan. Perpignan, c'est justement à cet endroit qu'elle devra descendre, trouver un taxi qui la mènera à destination. Enfin, son tour arriva, la locomotive s'immobilisa en gare perpignanaise et fort heureusement, tous les wagons avec elle. Chargée et émoussée par ce long voyage, elle a traversé le hall. Elle s'est approchée de la file de taxis qui attendait les nombreux passagers qui s'éparpillaient aux abords du Centre du Monde. Tel est le nom donné à cette gare, référence faite à l'artiste Salvador Dali qui disait de ce lieu qu'il était « le centre cosmique de l'univers ». Elle s'approcha d'un premier taxi, ce fut le bon, le chauffeur qui chargea la voiture, régla son compteur et demanda à quelle adresse, il devait mener sa passagère.

— « Deux, rue de l'Église », à Saint-Genis des Fontaines, précisa-t-elle !

Elle s'inquiéta de la distance qu'elle devrait encore parcourir et apprit ainsi qu'il lui restait une vingtaine de kilomètres à couvrir. Cependant, la conversation que lui tint le conducteur lui évita de s'impatienter. Ainsi, elle fut bien surprise quand la voiture s'arrêta et que le chauffeur lui confirma qu'ils étaient arrivés et que ses vacances allaient enfin réellement commencer. Après avoir réglé la course du taxi, elle regarda le véhicule s'éloigner et effectua rapidement un tour sur elle-même, comme pour prendre les repères visuels, qui lui permettront de se situer pendant son séjour.

Le « deux, rue de l'Église », qui se trouve juste en face d'elle, correspond à une jolie boulangerie. Les gâteaux et les viennoiseries qui se côtoient dans les armoires vitrées, lui ravissent les yeux et l'invitent à pousser la porte. Elle entra. Elle fut assaillie par une multitude d'odeurs plus agréables les unes que les autres dès qu'elle eut franchi le seuil. Elle n'essaya pas de lutter et acheta un petit pain aux amandes qui lui faisait de l'œil, avec une insistance presque indécente. Tout en payant sa viennoiserie, elle se présenta à la vendeuse si souriante qui devait lui remettre les clés de l'appartement situé juste au-dessus du magasin. Cette dernière, un petit bout de femme aux cheveux blonds très courts, coupés à la garçonne, dégageait une énergie impressionnante, comparable à celle de Ludivine, mais dans un registre totalement différent. Il émanait d'elle un magnétisme, qui donnait envie de se sentir bien en sa compagnie. Sans se départir de son sourire, elle avoua à Ninon qu'avec ses grosses valises, elle l'avait tout de suite reconnue et elle lui indiqua le chemin à suivre pour rejoindre son pied-à-terre touristique.

— Alors, mademoiselle, c'est facile, vous empruntez le petit passage, juste à côté de la boulangerie et vous arriverez sur l'arrière de la maison. Là, vous verrez un escalier, vous le prenez et votre porte d'entrée se trouve en haut des marches. Bon courage pour l'installation. Vous irez peut-être faire un tour dans le quartier après ? Mais si vous êtes trop fatiguée. Il faut vous reposer, vous commencez vos vacances.

Premières impressions

Devant ce flot de paroles, Ninon n'eut pas le courage de répondre, elle se contenta d'un signe qui voulait tout à la fois dire merci, peut-être, au revoir. Elle se glissa dans l'allée que la vendeuse lui avait indiquée et se retrouva comme convenu au pied d'un escalier qui paraissait un peu raide, mais surtout très étroit. Il était clair pour elle qu'elle ne passerait pas avec ses deux valises alors, elle décida d'en laisser une en bas et d'enchaîner deux voyages. Elle monta, fit tourner la clé dans la serrure et poussa la porte.

Elle fut surprise par la luminosité qui inondait l'appartement. Elle s'avança et fut d'abord attirée sur sa gauche, une grande pièce à vivre l'accueillait, le soleil qui emplissait le lieu était presque aveuglant, ses rayons frappaient l'électroménager étincelant, qui équipait la cuisine. Ils entraient par une baie vitrée qui s'ouvrait sur un balcon d'une largeur suffisante pour que puisse y tenir une chaise longue. Chacun d'eux apportait clarté et chaleur. Entre la cuisine et le balcon, un séjour agréable faisait la jonction. Il était constitué d'un buffet bas, d'une table ronde et de quatre chaises, un canapé et une télévision complétaient l'aménagement du lieu. Ninon quitta cette première pièce et laissant l'entrée sur sa droite, elle fit face à un couloir étroit qui se terminait par une porte close. Elle s'avança dans ce couloir et poussa chacune des autres portes qu'elle rencontra. Sur sa gauche, il y en avait deux qui se succédaient. Chacune d'elles dévoilait une chambre qui était composée d'un lit à deux places, de chevets de part et d'autre de la couche et d'un grand placard muni d'une penderie. Au-dessus de la tête de lit, une fenêtre laissait filtrer la lumière du jour à travers ses persiennes. Elle pensa un instant que Ludivine aurait pu l'accompagner... Mais Ludivine travaillait, elle n'avait pas obtenu de vacances. Elle chassa donc cette idée de son esprit. Elle poussa la porte du fond du couloir et entra dans une grande salle de bain avec bac à douche et baignoire. Elle aura le choix. En face d'elle, un immense miroir rectangulaire dominait une vasque en verre dépoli. Elle ressortit et ouvrit les deux dernières portes. L'une cachait une sorte de buanderie équipée d'une machine à laver et d'un sèche-linge et la suivante dévoila l'endroit le plus important de l'appartement : les toilettes... Elle commença par choisir sa chambre, y posa sa valise et se rappela qu'elle en avait laissé une au pied de l'escalier. Elle se pressa d'aller la chercher et décida en tout premier lieu de prendre une douche pour se délasser et effacer les traces du long voyage qu'elle venait d'effectuer.

Sous les gouttes réparatrices, elle ne put s'empêcher de réfléchir, c'est son problème, elle n'a jamais su s'abandonner. Elle décida donc qu'une fois habillée, elle s'octroierait un petit stage sur le balcon pour profiter des derniers rayons du soleil descendant, puis elle irait se promener dans le quartier, histoire de faire connaissance avec son environnement. Elle se dit aussi que c'était vraiment une idée géniale de commencer ses vacances sous la douche. L'eau qui tombait en pluie fine sur son corps sortait juste à la bonne température. Celle qui lui permettrait d'y rester aussi longtemps qu'elle le souhaitait sans craindre rougeurs ou chair de poule... Toute ruisselante, en quittant la cabine de douche, elle se rendit compte qu'elle avait oublié de prévoir une serviette pour se sécher et sortir de la salle de bain... Cela eut pour effet de la faire rire. Par bonheur, sa chambre ne se trouvait pas loin. C'est donc nue qu'elle traversa le couloir, laissant derrière elle les empreintes humides de ses pieds pour rejoindre ce qui deviendrait son antre pour quelques semaines. Pour mettre la main sur sa serviette, elle retourna la moitié d'une valise, mouillant par la même occasion, une grande partie des vêtements, qui s'y trouvaient. Lorsqu'elle se sentit suffisamment sèche, elle enfila un tee-shirt, un corsaire, n'oublia surtout pas ses lunettes de soleil et se précipita sur le balcon, où une chaise longue d'un autre temps l'attendait.

D'abord, elle s'appuya un instant sur la balustrade, se pencha un peu pour découvrir le bout de la rue puis s'installa dans le transat, son portable à la main, pour s'assurer de rester joignable. Elle regretta cependant le vis-à-vis qu'il y avait depuis ce balcon avec l'immeuble d'en face, elle pensa qu'en plein été, elle hésiterait à se mettre en maillot pour bronzer. Plusieurs fenêtres bénéficiaient à son goût d'une vue légèrement trop plongeante sur sa personne. Dès lors, elle s'en est voulu d'avoir eu cette idée, un sentiment bizarre l'a peu à peu envahi. Elle se sentait observée et plus cette impression s'imprégnait en elle, moins elle appréciait sa chaise longue. Elle ne lui trouvait que des défauts, des barreaux de bois trop durs et trop espacés, un dossier trop haut, des coussins trop peu épais, rien n'allait. Elle cherchait en fait une raison pour quitter ce balcon sur lequel elle éprouvait la sensation que son intimité était violée, pire que cela, elle se savait déjà dévisagée. Qui pouvait tant s'intéresser à elle, un désaxé, un obsédé dangereux, une jalouse de sa beauté, de sa jeunesse, un simple curieux, à moins qu'elle ne se soit fait un film. C'est sur cette hypothèse qu'elle arrêta de malaxer son cerveau. Elle rentra dans l'appartement, attrapa son sac à main duquel elle avait extrait le roman qui en interdisait la fermeture, sortit et dévala l'escalier qui lui permettait d'accéder à l'arrière-cour de la demeure. Elle s'élança dans les rues de la petite cité. Déjà, elle avait oublié le trouble dont elle avait été victime sur le balcon.

Elle partit droit devant en direction de l'église et du cloître. Elle savait que sur son chemin, elle rencontrerait le bureau de l'office du tourisme et que s'il n'était pas déjà fermé, elle récupérerait là, toute la documentation nécessaire pour organiser son séjour. Tout se déroulait comme prévu, juste avant l'église, elle trouva l'établissement espéré. Hélas, celui-ci était fermé depuis un quart d'heure à peine. Elle nota donc les horaires d'ouverture affichés sur la porte et se promit d'y revenir le lendemain matin. Elle continua sa promenade en terminant le tour du pâté de maisons qu'elle avait commencé. Elle découvrit la vitrine d'un restaurant italien dans une rue parallèle à la sienne. Il proposait des plats à emporter. Quelle aubaine pour elle qui n'avait pas encore effectué de courses ! Son repas du soir était assuré. Elle s'organisera pour la suite dès le lendemain. Elle reprit alors le cours de sa balade, jusqu'à se retrouver devant la boulangerie qui l'accueillit l'après-midi même.

Sur le trottoir d'en face, une vieille dame remplissait sa poubelle. Le regard qu'elle posa sur Ninon, lui fit rater l'ouverture du conteneur et ses détritus tombèrent sur ses pieds à peine chaussés de sandalettes en plastique. La scène eut le mérite de dessiner un sourire sur le visage de Ninon. La vieille attendit que Ninon ait disparu à l'arrière de la boulangerie pour ramasser ses ordures et rectifier son erreur.

De retour dans l'appartement, Ninon évita, dans un premier temps, le balcon. Il n'avait plus le même intérêt puisque le soleil s'était caché et elle dut bien s'avouer que la sensation qu'elle éprouva dans l'après-midi, nourrissait une petite appréhension. Elle s'installa donc dans sa chambre, allongée sur son lit, elle choisit le selfie idéal à envoyer à Ludivine. Si elle était venue avec elle, Ludivine, ce serait plus simple. Elle saurait lui changer les idées. À peine avait-elle envoyé sa photo à son amie qu'elle repensa aux sensations bizarres qui lui faisaient croire qu'elle était observée depuis son arrivée et sa descente du taxi. Elle s'appuya sur ses coudes, écarta un peu le rideau qui tombait vers sa tête de lit. Elle jeta un œil à travers la vitre, à la recherche d'un espion mal intentionné qui scruterait son petit nid, à l'affût d'une silhouette ou d'un mouvement. Évidemment, la pénombre aidant, elle ne remarqua rien, ce qui l'embêta, mais la rassura tout à la fois. Après avoir goûté à ses spécialités italiennes. Elle enchaîna tous les rituels qui la conduisirent à se coucher la tête encore encombrée de toutes les images entremêlées d'une journée bien remplie.

Après une première nuit de sommeil, réveillée par les bonnes odeurs du pain cuit, elle se sentait en pleine forme. Prête à réellement commencer son séjour et à profiter de chaque instant. Bien sûr, elle voulait savoir pourquoi sa mamie tenait tant à ce qu'elle vienne ici dans cette ville et dans cette maison. Pourquoi ceci semblait-il si important ? Elle essaierait de le découvrir, mais il ne fallait pas qu'elle y passe tout son temps, toute son énergie. L'essentiel à ce moment précis consistait à trouver de quoi accompagner son arabica du matin. Logeant au-dessus d'une boulangerie, l'affaire semblait aisée. Elle fit couler un café, enfila rapidement les premiers habits qu'elle put attraper, par-dessus son pyjama, et descendit l'escalier qui la mènerait au paradis de la viennoiserie et de la baguette dorée. Elle fut à nouveau accueillie par la gentille vendeuse qui l'avait reçue la veille et lui avait remis ses clés.

— Et bé, bonjour la p'tite dame, vous avez bien dormi ? Qu'est-ce que je vous sers ?

— Bonjour, j'ai dormi comme un loir, ça m'a fait du bien… Je vais prendre une baguette et un petit pain aux amandes, ils sont trop bons… Je vous dois ?

— Un euro, quatre-vingts. Bonne journée !

— Excusez-moi, je devrais faire quelques courses, il y aurait un supermarché dans les environs ?

— Un supermarché, non, mais un peu plus loin à droite, il y a une supérette, ça peut dépanner…

— Eh bien, merci, à bientôt.

Ninon sortit de la boulangerie en déchirant le quignon de sa baguette encore tiède et en le portant à sa bouche. Elle se dit en remontant ses escaliers, qu'il faudra vraiment qu'elle se renseigne sur les transports existants depuis cette ville pour se sentir un peu libre d'aller où elle veut. Traîner dans les supermarchés, marcher sur les plages qui ne doivent pas être si loin et se rendre dans les autres lieux à visiter. De retour chez elle, la bonne odeur du café avait rempli l'espace. Elle s'en servit une grande tasse, qu'elle but à petites gorgées pour ne pas se brûler tout en savourant son petit pain. Ceci pourrait très vite devenir l'essentiel de son alimentation si elle n'y prenait garde. Tasse bue et viennoiserie avalée, il était temps de se consacrer à sa toilette, de tenter une nouvelle tenue et d'aller à la pêche aux informations à l'office du tourisme. Elle n'oubliera pas de s'arrêter à la supérette pour garnir le frigidaire, bien désespérément vide.

C'est ainsi que se déroula la matinée. Elle se rendit à l'office du tourisme où elle trouva une masse de renseignements, qui répondaient à l'ensemble de ses questions. Puis dans la petite supérette que lui avait indiquée la boulangère, elle acheta ce qui lui permettrait de tenir deux jours au moins et d'aviser pour le reste du séjour. Il était onze heures quarante-cinq lorsqu'elle revint à l'appartement. Elle fredonnait le refrain d'une chanson qu'elle avait entendu le matin même sans réellement savoir ni où ni quand. Son regard traînait sur la façade de l'immeuble qui plongeait sur son balcon. Lorsqu'elle vit au premier étage, à la troisième fenêtre, le mouvement d'une ombre qui reculait d'un coup et un rideau qui bougeait, elle n'eut plus aucun doute. Quelqu'un attendait son retour et observait ses déplacements. Ceci aurait sans aucun doute dû l'inquiéter, mais le fait d'être convaincue de savoir qu'elle ne souffrait pas d'hallucinations produisit l'effet inverse. Elle se sentait plus forte et était persuadée qu'elle réglerait sous peu ce petit souci. En entrant dans son appartement, le balcon l'attira comme il ne l'avait encore jamais attirée. Si quelqu'un voulait tant la voir, elle tint à ne pas décevoir l'inconnu et se donna intentionnellement en spectacle… Lunettes de soleil, chapeau de paille, petit haut qui laissait visible son nombril et mini short sexy. Après tout, elle était chez elle, sa tenue n'avait rien d'indécent… Elle s'amusait en imaginant un papi pervers dont les yeux devaient s'échapper de leurs orbites en la voyant se mouvoir ainsi, décontractée sur son balcon. Après avoir à plusieurs reprises bombé le torse et rejeté ses cheveux vers l'arrière, elle se lova dans sa chaise longue qui lui parut, étonnamment, beaucoup plus confortable que la première fois qu'elle s'y était installée. Un peu provocatrice, caractère qu'elle ne se connaissait pas, elle croisa et décroisa plus souvent que nécessaire ses jambes en donnant à ses mouvements une amplitude quelque peu exagérée.

Elle avait pris avec elle les différents dépliants qu'elle avait glanés au long de sa promenade matinale. Elle vit qu'une ligne de transports lui permettrait de rejoindre les plages du littoral. Elle en ressentit une vraie satisfaction qui s'estompa bien rapidement, car en y regardant de plus près, le bus mettait une heure vingt pour couvrir une quinzaine de kilomètres… Il lui fallait trouver une autre solution et c'est au dos du prospectus qu'elle venait de refermer que ses pupilles se posèrent sur un encart publicitaire qui lui proposait des forfaits de locations pour divers véhicules. L'après-midi qui allait suivre l'emmènera à la rencontre de ce concessionnaire qui allait à l'évidence lui sauver ses vacances. Mais pour l'heure, elle devait préparer son repas, la faim se faisait sentir. Tout en mettant la table, elle eut encore une pensée pour ce voisin un peu trop curieux. Elle essayait d'imaginer leur première rencontre, la façon, dont elle lui ferait honte et la manière, dont elle lui passerait l'envie d'espionner les jeunes filles. Elle mangea, lava rapidement sa petite vaisselle, laissant les ustensiles sécher sur l'égouttoir. Elle se servit un café qui restait dans la verseuse depuis le petit-déjeuner, le passa au micro-ondes et se brûla la langue dès qu'elle l'eût porté à sa bouche. Elle le laissa refroidir en tirant de son sac à main un paquet de cigarettes et un briquet, en prit une en notant que c'était la première depuis son arrivée… Presque quarante-huit heures. Elle accepta avec fierté sa faiblesse, prit sa tasse et ressortit sur le balcon pour mixer ses deux plus gros défauts, caféine et tabac.

À peine, le seuil de la baie vitrée fut-il franchi que son regard fut à nouveau attiré par la fenêtre d'en face. Imperceptiblement, tout doucement, le rideau bougeait et il ne pouvait pas s'agir d'un courant d'air, il n'y avait pas une once de vent, ce qui semble assez rare dans cette région pour être souligné. C'était décidé, avant la fin de la journée, elle aura rencontré la personne qui ne respectait pas son intimité et qui lui gâchait un peu le plaisir de ces premiers instants de vacances. Son café avalé et sa cigarette consumée, avec désinvolture, elle tira la langue en direction du potentiel voyeur. Elle rentra dans la bâtisse pour en ressortir par l'arrière, son petit sac en bandoulière, départ chez le loueur de voitures. Peu de temps après, un contrat fut signé. Elle obtint une petite voiture de marque italienne à cinq euros par jour, kilométrage illimité… Le loueur devait être tombé sous le charme de Ninon, car sur chaque affiche tapissant les murs du local était bien spécifié un nombre de kilomètres à ne pas dépasser. Puisque la chance semblait lui sourire, il n'y avait pas à se poser de questions.

Elle attrapa les clés de sa petite voiture vert anis et prit immédiatement la direction de la mer, d'Argelès et de ses grandes plages. L'avantage principal, en posant ses vacances pendant que les autres travaillent, c'est qu'il est aisé de se garer, cela même dans les lieux les plus touristiques. Ainsi elle laissa son véhicule au plus près de la plage et en quelques pas, elle put sentir les grains de sable qui glissaient entre ses orteils. C'était bon, ça la chatouillait et elle aimait beaucoup, elle avait envie de rire, mais rire seule pouvait paraître suspect, surtout dans un endroit où l'on n'est pas connu. Elle s'approcha de l'eau et n'hésita pas longtemps à y tremper les pieds. Une fraîcheur stimulante gagna d'abord tout son être puis très vite elle s'habitua à cette température que peut avoir la Méditerranée à la sortie de l'hiver. Ses chaussures à la main, son sac sur l'épaule, elle marcha dans un sens, dans l'autre, joua un instant dans les vagues qui venaient mourir sur le sable mouillé. Elle écoutait les quelques enfants qui partageaient la plage avec elle, elle entendait leurs cris, leurs rires et la voix de leur mère, qui leur demandait de ne pas trop s'approcher de l'eau. Au large, elle aperçut quelques voiles, s'imagina allongée sur la proue d'un bateau, sa peau caressée par la brise catalane que l'on devait ressentir à cette distance de la côte. Un frisson lui parcourut le dos. Elle pensa qu'il était peut-être temps de sécher pieds et mollets pour pouvoir remettre ses chaussures et faire un petit tour en ville. Elle reprendra ensuite la route de Saint-Genis des fontaines où l'attendait à coup sûr un voisin un peu trop curieux.

Au moment où elle quittait le sable pour rejoindre les dalles du trottoir, elle aperçut un marchand de glace. Dès lors, rien d'autre n'a eu d'importance. Il lui fallait sa glace à la violette, depuis toujours, c'était sa préférée. Par chance, le marchand en avait justement un bac bien rempli. Face à une telle abondance, elle acheta un cornet avec deux boules, elle n'avait jamais pu résister et elle n'avait même pas envie d'essayer. Elle flâna dans l'avenue principale en dégustant sa glace, s'arrêtant çà et là devant quelques vitrines colorées qui lui promettaient de longues heures de shopping dans les jours à venir. Ayant alors croqué une toute dernière fois dans son cornet croustillant et déçue d'être si vite arrivée à la fin de sa gourmandise, elle rejoignit son véhicule. Elle reprit la route du village dans lequel elle avait posé ses valises. Elle se demanda encore en chemin pourquoi sa mamie tenait tant à la faire louer un appartement si loin de la plage, elle aurait été mieux en bordure de mer…

Elle gara sa voiture dans la rue de l'église, devant la boulangerie, et se pressa de s'assurer auprès de la vendeuse que ce n'était pas dérangeant. Celle-ci lui accorda ce privilège, en lui précisant qu'avec un brin de politesse et de gentillesse on peut tout obtenir. Ceci la rendit définitivement sympathique aux yeux de Ninon. Ninon, profitant de cette faille sentimentale que venait de lui dévoiler la commerçante, osa une question.

— J'aimerais vous demander quelque chose, mais ce n'est pas très facile à présenter. J'ai l'impression que depuis mon arrivée, il y a quelqu'un, qui surveille chacun de mes mouvements, derrière ses vitres en face, au premier, à la troisième fenêtre. Vous ne savez pas qui habite là, par hasard.

— Bé, c'est Claudine, la mamie du quartier, mais ce n'est pourtant pas son genre… Elle est gentille comme tout et elle ne génère jamais d'histoires. Vous pensez vraiment qu'elle vous guette, c'est peut-être le hasard, elle ne vous regarde peut-être pas, vous vous faites certainement des idées.

— Peut-être, vous avez raison, je me trompe sûrement.

— Si j'étais vous, j'irais directement le lui demander, elle ne vous mordra pas et vous lèverez toutes les ambiguïtés.

— Je vais peut-être la rencontrer, je voudrais savoir.

La lettre

Il n'y avait pas d'hésitations à avoir, la décision avait mûri, elle était prise depuis longtemps. Ninon voulait en avoir le cœur net. Elle traversa la rue, la porte d'entrée de l'immeuble était ouverte et dans le hall étaient alignées quatre boîtes aux lettres. Deux n'affichaient aucun nom, mais sur l'une d'elles, sur une petite étiquette jaunie, on pouvait lire : « Sanchez Claudine, premier étage ». La jeune fille s'engagea sur l'escalier de bois qui s'élevait en tournant autour d'un axe approximativement vertical. Elle enchaîna une à une les marches grinçantes qui l'ont menée sur un palier. À gauche et à droite, deux portes se faisaient face. Chacune d'elles était dotée d'un bouton qui activait à n'en pas douter une sonnette. Elle n'eut pas le temps de s'approcher de l'une ou de l'autre, car au moment où elle posa un pied sur le palier, une porte s'est ouverte et Claudine apparut dans l'embrasure. Ninon la connaissait, elle était cette dame qui avait laissé choir son sac poubelle lors de leur première rencontre. Claudine était une petite femme bien en chair, ces yeux, légèrement plissés, figeaient sur son visage une sorte de sourire perpétuel. Ces cheveux blancs étaient remontés en chignon, mais pas un chignon strict comme pourrait s'en confectionner des personnes de son âge. Elle avait plutôt opté pour une coiffure lâche qu'on arrange rapidement pour ne pas être embêté par des mèches récalcitrantes. La vieille femme portait un pantalon de toile noir et ses pieds nus étaient chaussés des mêmes sandalettes que celles qui avaient fait sourire Ninon lorsqu'elles amortirent la chute d'un sac poubelle. Un tee-shirt fleuri, mais dont les fleurs avaient perdu de leur éclat lui couvrait le haut du corps et un gilet violet rappelant à Ninon la couleur de son cornet de glace, terminait sa tenue. Claudine prit la parole en premier.

— Je vous attendais Ninon, que vous êtes belle, quelle jolie jeune femme vous êtes devenue, que vous lui ressemblez.

Ninon restait sans voix, elle venait pour obtenir quelques explications et elle savait qu'elle en recevrait bien plus qu'elle ne l'imaginait en traversant la rue, il y avait deux minutes à peine. Ayant repris quelque peu ses esprits et posé son deuxième pied sur le palier, elle put demander.

— Comment ça, vous m'attendiez ? Et comment connaissez-vous mon prénom ? Mais qui êtes-vous au juste ?

— Savoir qui je suis n'est pas le plus important, mais si vous y tenez, je vous dirai. Ce qui compte avant tout c'est que vous appreniez, qui vous êtes, vous.

Claudine invita Ninon à la suivre dans son deux-pièces. Lui proposa de s'asseoir à la table de sa petite cuisine, lui servit un verre d'eau et lui tendit une enveloppe fermée sur laquelle il était simplement précisé : pour Ninon. Elle reconnut tout de suite l'écriture de sa chère mamie. Elle leva des yeux interrogateurs vers Claudine. D'un signe de la main, la vieille femme l'encouragea à ouvrir ce pli. Elle but une gorgée d'eau et s'exécuta, les mains tremblantes, elle sortit de l'enveloppe une lettre pliée en quatre. Silencieuse, elle ouvrit la feuille, Claudine ne disait rien, mais la regardait en souriant tendrement. Ninon prit une grande inspiration comme si elle allait lire à haute voix, mais elle garda chacun des mots dans sa tête et dans son cœur.

Ma Pitchoune,

Si tu lis cette lettre, c'est que tu as suivi mon conseil et que tu es venue à Saint-Genis au-dessus de la boulangerie. Je voulais que tu retrouves cette maison dans laquelle tu as vu le jour il y a presque vingt-cinq ans, un quart de siècle. Je ne t'ai jamais parlé de ta naissance, c'était trop difficile pour moi alors j'ai cherché quelqu'un qui accepterait de tout te dire. J'ai pu retrouver Claudine grâce aux progrès de l'internet, elle constitue la seule mémoire de ce jour. Si tu l'écoutes, elle te parlera de ta maman, de ton papa et un peu de moi et papi.

Je t'ai toujours donné tout mon amour et plus encore, je te devais la vérité, je n'y suis pas arrivée. Alors, pardonne-moi d'avance mon manque de courage et entends les paroles de Claudine et si tu en as besoin, pose-lui toutes les questions, que ses révélations soulèveront.

Je t'aime, ma Pitchoune,

Mamie

Calmement, comme si elle bougeait au ralenti, Ninon posa la lettre devant elle et leva une nouvelle fois ses yeux pleins de larmes vers Claudine. Maintenant, elle n'avait plus aucune agressivité dans le regard, mais des tas de points d'interrogation. Claudine, consciente que le moment était venu, commença ainsi.

— Quand tes parents sont arrivés dans la maison d'en face, ta maman, à qui tu ressembles énormément, te portait dans ses entrailles et son ventre s'arrondissait déjà bien. Elle aimait passer du temps sur son balcon, comme toi. Je crois bien que la chaise longue dans laquelle je t'ai vu te prélasser lui appartenait, c'est ton papa qui l'avait achetée pour qu'elle puisse profiter des rayons du soleil. Lui, il avait repris la boulangerie, c'était un excellent artisan, il fabriquait le meilleur pain de Saint-Genis. Hélas, s'il était bon boulanger, il était piètre comptable, très vite il a confondu bénéfice et chiffre d'affaires, l'argent lui brûlait les doigts. Toujours, il faisait des cadeaux somptueux à ta maman, rien ne semblait trop beau pour elle, elle possédait les plus jolies robes de grossesse, la plus grosse voiture, des chaussures et des sacs de grandes marques. Les gens du quartier les enviaient, mais l'argent n'était pas inépuisable. Il fallait payer les traites de la boulangerie, l'électricité, les impôts, il n'a jamais rien dit de ses difficultés financières, mais on pouvait facilement les imaginer. Un jour, il a reçu la visite d'un huissier de Perpignan qui l'a menacé de tout prendre. Il n'a pas accepté cet échec alors, il a fait une grosse bêtise. Un jour en fin d'après-midi, plutôt que d'aller se coucher pour se réveiller à quatre heures et préparer sa fournée de pain comme il le faisait habituellement. Il a pris la voiture et a braqué une banque dans une commune du littoral. Ça n'a pas bien tourné, il était armé, il s'est fait arrêter, a été jugé et a écopé de dix ans de prison. Ta maman n'a pas supporté et dès que tu es née, n'arrivant plus à gérer ni le quotidien, ni le regard des autres, elle s'est mise à boire plus que de raison. Elle sombrait. Je ne sais même pas si elle pouvait te nourrir correctement alors, j'ai appelé tes grands-parents pour qu'ils viennent l'épauler. C'était vraiment de braves gens, ils s'occupaient de toi, de ta maman, et tentaient de rembourser sou après sou les dettes contractées par ton papa. Mais tous leurs efforts restèrent vains et ils durent se résoudre à quitter la boulangerie.

— Mais ma maman, elle est morte dans un accident de voiture ?

— C'est la seule explication plausible que tes grands-parents ont pu te donner. En vérité, ta pauvre maman n'a pas voulu quitter sa maison. Et un soir avant de s'endormir, elle a avalé je ne sais quelle boîte de cachets et a fait passer le tout avec une bouteille entière de vodka. Au petit matin, tu n'avais plus de maman et tes grands-parents avaient perdu leur fille. Tu étais un tout petit bébé et ta mamie a pris la décision de t'élever, mais ce ne fut pas simple. Il lui a fallu multiplier les démarches pour obtenir ta garde, car tu dépendais toujours d'un père, certes empêché, mais vivant. Elle avait tellement peur qu'un jour, il vienne te chercher qu'ils ont préféré partir s'installer dans l'est de la France. Ils ont quitté notre soleil méditerranéen pour te faire grandir dans les neiges jurassiennes.

— Il ne faut pas exagérer, ce n'est pas le pôle nord non plus, et j'habite dans le Doubs, le Jura n'est pas loin, mais les hivers n'étaient pas si rudes. Mais mon papa… Il vit toujours ?

— Je ne sais pas, si je dois t'en parler.

— Ma grand-mère m'a dit que je pouvais tout vous demander. Vous êtes la seule à pouvoir me répondre.

— Oui, il est vivant ou plutôt il l'était encore il y a trois ans. Il est venu frapper à la boulangerie, il voulait y travailler. Il a fait un essai, mais n'est pas resté. Au bout d'une semaine, il avait repris la route. Je n'en sais pas plus, mais les patrons étaient les mêmes qu'aujourd'hui, peut-être pourraient-ils te renseigner. Tu connais son nom ?

— Non !

— Pascal Vigaut.

Elle comprit d'où venait ce nom composé qu'elle avait dû écrire pendant toute sa scolarité sur ses copies…

Ninon Vigaut-Miellat

Elle finit son verre d'un trait, se leva, prit la vieille dans ses bras comme si elle l'avait toujours connue et qu'elle faisait partie de sa famille, demanda à Claudine si elle pourrait revenir la voir. Cette dernière accepta et accompagna la jeune femme encore choquée vers sa porte. Ninon descendit deux marches et se retourna.

— Et ma maman ?

— Angélique.

Une nuit agitée

Ninon sortit de l'immeuble, elle avait le regard vide et se déplaçait à la manière d'un boxeur qui viendrait de se relever de son premier knock-out. Machinalement, les bras ballants, elle traversa la rue, prit le passage la menant à son escalier et avala les marches pour se trouver face à sa porte d'entrée. Elle marqua un temps d'arrêt, ne sachant plus très bien pendant un court instant ni où elle était ni où elle se rendait. Elle secoua la tête, retrouva momentanément ses esprits et pénétra dans l'appartement. À l'intérieur, elle ne vit plus rien de comparable à ses découvertes de la première fois quand elle y était entrée. Elle ouvrit chaque porte à la suite l'une de l'autre comme si elle voulait retrouver un objet perdu. Cherchait-elle un indice qui validerait les dires de Claudine, elle ne savait pas, espérait-elle découvrir son berceau ? Rencontrer sa maman ? Bien sûr que non. Alors, quoi ? Elle ne le saura jamais, mais il lui revint à la mémoire que la chaise longue pouvait-être celle que son père avait offerte à sa maman pendant sa grossesse. Elle courut sur le balcon en ouvrant violemment la baie vitrée comme pour s'assurer que la relique ne puisse pas s'échapper. Elle s'approcha doucement du siège et commença à passer ses mains sur les accoudoirs, le dossier, l'assise. Elle ressentait la présence de sa mère. Elle prit les coussins qui recouvraient les lattes en bois, un dans chaque main, elle ferma les yeux et les respira très fort, si fort, qu'elle frôla l'étourdissement. Elle releva alors les paupières et son regard se posa sur le quatrième barreau du dossier, sur lequel il était gravé au couteau : « De Calou pour son Ange ». Cette déclaration désuète la fit sourire. Calou pour Pascal et Ange pour Angélique… Il avait l'âme poétique, le braqueur de banque.

Elle passa encore plusieurs minutes sur son balcon. Elle pensait à sa mamie qui avait dû cacher sa tristesse si longtemps et qui devait être soulagée maintenant que Ninon savait. La pauvre grand-mère n'a jamais pu lui dire que son père était vivant, elle avait inconsciemment transformé le prénom de sa maman, elle l'appelait Angie… Ninon se souvient qu'elle trouvait ce prénom un peu trop américanisé, mais elle s'y était habituée. Elle avait l'impression que Pascal et Angélique n'avaient jamais existé pour ses grands-parents. De fait, le drame qu'ils vécurent s'était ainsi, peu à peu estompé. Ce soir, elle prit la décision de ne pas manger, elle ne pourrait rien avaler. Elle se prépara simplement un café et alluma une cigarette. Comme elle commençait à digérer les informations que Claudine lui avait communiquées dans l'après-midi, elle eut la sensation de posséder une bombe au creux de ses mains. Elle était détentrice d'un secret portant sur sa propre personne. Un lourd secret, trop lourd en tout cas pour le garder à elle seule. Avec qui le partager ? Une seule, à ses yeux, semblait assez digne de confiance, Ludivine. Ninon se jeta sur son téléphone, alluma une autre blonde en moins de dix minutes et rechercha dans ses contacts, le numéro de son amie, elle l'appela.

— Allo, ma Lulu, il faut que je te parle !

Et elle éclata en sanglots.

— Je crois plutôt qu'il faut que tu pleures ma puce, puis surtout que tu m'expliques… Qui est cet enfoiré qui te met dans cet état ? Un gars que tu as rencontré dans le train ? Ton propriétaire ? Dis-moi, je viens, je lui casse la tête, tu sais, il n'a pas le droit de te faire de mal, je le tue moi, je prends le train demain, j'arrive, on se l'encadre. Il t'a jeté, il t'a touché, il t'a frappé ?

Du Ludivine dans toute sa splendeur : questions et réponses toutes à la fois. Cette réaction épidermique a eu l'avantage de changer les larmes de Ninon en sourire.

— Non, non, Lulu, rien de ça, je viens juste d'apprendre que ma vie n'était pas vraiment ma vie…

Elle raconta tout : son impression d'être observée, Claudine, la lettre de sa mamie, sa maison de naissance, sa maman, son papa. Elle continua avec la boulangerie, les dettes, le braquage, la prison, le suicide, la chaise longue, son arrivée à Voujeaucourt, tout, dans les moindres détails. Ludivine qui n'avait pas l'habitude de se taire si durablement a tout entendu, tout écouté sans pouvoir émettre quelque commentaire que ce soit. Quand Ninon eut fini, les deux jeunes femmes restèrent quelques secondes sans prononcer le moindre mot. Ludivine brisa néanmoins le silence.

— Ma pauvre puce, ça va, ce n'est pas trop dur ?

— Pour parler avec franchise, je suis perdue. Je me retrouve chargée d'un énorme fardeau et je ne sais pas comment m'en débrouiller. Moi qui avais un peu peur de m'ennuyer pendant ces vacances, je te laisse imaginer l'état de mes sentiments.

— Et ton père ?

— Quoi mon père ?

— Tu veux essayer de le retrouver ? Il ne te reste que lui.

— Je ne sais pas, tu crois que je devrais, il ne m'a jamais cherché lui, il n'a peut-être pas envie de me connaître.

— La question n'est pas là, on s'en fiche de ses desiderata. L'important, c'est ton seul souhait. Maintenant que tu sais qu'il est peut-être encore vivant, est-ce que tu pourrais continuer sans comprendre qui, ce Calou, recèle vraiment ?

— Non, tu as raison, il va falloir que je m'informe. Bon, ma Lulu, il est deux heures du matin. Tu vas être en forme pour aller travailler demain. C'est de ma faute, mais merci d'exister pour moi, bisous.

— Bisous, Ninon, tu me tiens au courant, je veux tout savoir.

En effet, leur conversation s'est éternisée et la nuit était déjà bien avancée quand Ninon tenta de se coucher. Elle ne trouvait pas le sommeil, tour à tour les visages de sa grand-mère ou de Claudine venaient lui parler. Elle imaginait la vie de ses parents dans cette maison, elle les voyait se mouvoir entre ces quatre murs, mais toujours de dos ou de trois quarts, elle n'arrivait pas à associer des traits précis à leurs silhouettes. Elle les pensait comme un jeune couple normal, dans l'attente de son premier bébé, éperdument amoureux. Toutes ces images dans sa tête l'empêchaient de dormir, alors elle sortit du lit, jeta un œil sur l'écran de son téléphone, il était trois heures trente. Une demi-heure plus tard, le boulanger du dessous allumerait ses fours. Elle prit encore une cigarette et alla s'installer sur la chaise longue.

Dehors, tout semblait silencieux à l'exception du concert que donnaient deux affreux matous pour obtenir les faveurs d'une belle. Ninon pensa que cette ambiance feutrée, au cœur de la nuit, pourrait se révéler propice à la réflexion et à la prise de décisions. Elle mit ainsi de l'ordre dans toutes les informations qu'elle avait dû assimiler la veille et les analysa une à une pour savoir quoi en tirer et à quelles conclusions cela la conduisait. Tout en opérant de cette manière, afin de lutter contre la fraîcheur environnante, elle replia ses pieds sous elle et coinça l'ourlet de sa chemise de nuit entre ses genoux. C'est dans cette position recroquevillée et peu confortable qu'elle se réveilla quelques heures plus tard alors que le soleil brillait déjà haut dans le ciel et que les bruits de la ville se faisaient à nouveau entendre. Les chats avaient disparu et elle ne sut jamais si l'un ou l'autre était parvenu à ses fins. Elle s'étira, déplia ses membres engourdis et sans penser à prendre un petit-déjeuner qui lui aurait pourtant fait du bien, elle s'est précipitée sous la douche. Elle s'est habillée avant de sortir de la maison et de s'élancer à la recherche du cimetière du village. Elle avait décidé qu'elle retrouverait aujourd'hui la tombe d'Angélique, dut-elle pour cela lire chacun des noms gravés sur les stèles funéraires. Elle voulait savoir où reposait sa maman.

À la recherche de ses origines

Entrer dans un cimetière n'avait jamais été un acte anodin pour Ninon. Elle avait toujours le sentiment de troubler le calme des défunts et de forcer leur porte, de les importuner et de s'imposer à eux. C'est vrai, ils n'avaient peut-être pas envie de voir nos mines tristes et circonspectes, pile au moment où l'on décidait de leur rendre visite. Comme c'était pour une cause tout à fait louable, elle poussa la lourde grille de l'entrée, non sans ressentir une drôle de boule au ventre. À peine cette porte métallique franchie, son appréhension disparut. Était-ce dû à la tendre luminosité du matin qui donnait à chaque fleur une couleur douce et à l'endroit tout entier, une sérénité que Ninon n'avait jamais ressentie en parcourant les allées de ces nécropoles ? Elle ne sut se l'expliquer, mais à cet instant, en cet endroit précis, elle se sentait bien. Elle commença sa visite et comme elle en avait convenu, elle déchiffra tombe après tombe, caveau après caveau, les noms des familles ou des individus qui étaient réunis dans ce sanctuaire. Cela faisait presque une heure que Ninon déambulait entre les sépultures lorsqu'elle découvrit, tout au bout d'une allée, un petit mausolée, peu décoré, mais entretenu, sur lequel on pouvait lire :

Angélique Miellat,
1972-1997
Un ange parmi les anges

Au pied de cette inscription, deux plaques en marbre gris. Sur l'une, on pouvait lire : « À notre fille chérie », sur l'autre : « À mon épouse ». Puis, devant ces deux grandes plaques, une plus petite en marbre rose et un bouquet de fleurs artificielles. Sur la plus petite, il apparaissait en lettres dorées : « À ma maman ». C'était trop d'émotion pour Ninon, elle attrapa la plaque rose et rageusement la jeta le plus loin qu'elle put. Elle s'effondra alors en larmes sur la pierre froide, répétant dans tous les sens des « maman » et des « pourquoi ». Son corps était secoué par des soubresauts incontrôlables et c'est ainsi que Claudine l'a découverte, étendue, les cheveux en bataille et le « Rimmel » au milieu des joues.

— Je savais que j'allais te trouver ici, Ninon.

La jeune fille se redressa et passa ses bras autour du cou de la vieille femme.

— Pourquoi Claudine, pourquoi est-elle partie ? Elle savait le mal qu'elle allait me faire ? Elle savait comme elle allait me manquer ?

— Elle te manque aujourd'hui, demoiselle, mais hier, te manquait-elle tant que ça ?

— Je ne sais pas, je ne crois pas, j'avais appris à vivre sans elle, je ne me doutais pas qu'elle avait mis fin à son existence en me laissant, c'était égoïste.

— Tu te trompes Ninon, elle avait compris qu'elle ne pouvait que te nuire en restant. Elle s'était tellement enfoncée dans sa dépression, qu'elle ne pouvait plus remonter la pente, c'était trop dur. C'est en restant qu'elle t'aurait fait souffrir. Elle connaissait ta grand-mère et elle savait que c'était la meilleure option pour que tu puisses grandir comme une petite fille doit pouvoir le faire, avec insouciance et entourée de repères protecteurs. Lorsqu'elle a décidé d'en finir, elle a certainement réalisé le plus bel acte d'amour dont elle était encore capable.

— C'est vrai ? Vous le pensez réellement ?

— Non seulement je le pense, mais c'est une certitude. Crois-tu que si elle avait été la femme égoïste que tu imaginais, j'aurais continué à entretenir sa tombe ? Chaque fois que je venais, je rendais hommage à son courage.

Ninon se leva, s'éloigna de plusieurs mètres et ramassa deux petits morceaux de marbre rose qu'elle réussit à emboîter.

— Je viendrai la réparer, dit-elle en posant la plaque fragilisée sur la tombe.

Elle passa son bras sous celui de Claudine, appuya sa tête sur son épaule, et les deux femmes repartirent à petits pas vers la rue de l'église et leur vie respective. Devant l'entrée de son immeuble, Claudine tapota doucement la main de Ninon, ceci signifiait qu'il fallait dénouer leurs attaches physiques et se séparer enfin. La vieille monta tranquillement dans son escalier bancal et Ninon prit une grande bouffée d'air et se dirigea vers la boulangerie. Elle profita de la solitude de la vendeuse pour essayer d'obtenir quelques précisions quant au passage de Pascal Vigaut dans l'arrière-salle.

— Bonjour, je vous dérange ?

— Hé bé non, les clients ne se bousculent plus à cette heure-ci. Je peux quelque chose pour vous, jeune fille ?

— Voilà, je ne vais pas vous raconter toute l'histoire, ce serait peut-être fastidieux et vous ne seriez peut-être pas intéressée. Il y a trois ou quatre ans, un homme s'est présenté à la boulangerie, il voulait travailler. D'après Claudine, vous lui aviez proposé de faire un essai, mais il n'était pas resté très longtemps. Vous vous souvenez de lui ?

— Pour tout vous dire, cette année en particulier, on a accueilli plusieurs personnes à l'essai, peut-être qu'avec son nom ?

— Pascal Vigaut, il devait avoir une quarantaine d'années.

— Je suis désolée, ce n'est pas de la mauvaise foi, mais j'aurais peur de me tromper et de vous dire n'importe quoi. Attendez, ne bougez pas, je vais questionner mon mari, il se souviendra peut-être mieux que moi.

La vendeuse disparut deux minutes et à son retour elle s'inquiéta.

— Vous pourriez me dire pourquoi vous voulez des renseignements sur cet homme. Il est bien venu travailler chez nous, mais il se faisait appeler Calou…

— Si je dois croire le récit de Claudine, il se pourrait que ce soit mon père ce Calou. Hélas, je ne le connais pas et je ne sais pas encore si j'ai envie que cela change, mais je me renseigne.

— C'était un très bon boulanger, en une semaine, il nous avait montré l'étendue de son talent. Il aurait pu faire l'affaire, mais il devait porter de trop lourds bagages, il ne pouvait s'empêcher de pleurer. Il mettait autant de larmes dans le pétrin que de farine. Un matin, il nous a dit que c'était trop dur de vivre ici et qu'il devait partir. S'il restait un jour de plus, il deviendrait fou. Nous, on l'a laissé partir, on ne pouvait pas le retenir. Je lui ai demandé s'il savait déjà où il allait. Il m'a répondu Toulouse, il voulait s'installer dans une grande ville pour refaire sa vie comme un anonyme. Pourtant, nous, on n'y posait aucune question, il accomplissait bien son job, on était content. Je me souviens qu'en me disant ces mots, il m'avait montré un billet de train, comme pour me prouver qu'il ne partait pas sur un coup de tête et que son choix était réfléchi.

— Je vous remercie, Mad…, mais au fait, c'est comment votre prénom.

— Ici, les gens me disent Mo, je crois qu'ils pensent que je m'appelle Monique, mais à la vérité, mon petit nom, c'est Maude.

— Merci Mo, je peux vous appeler ainsi. Merci pour le temps que vous m'avez accordé et au fait, c'est long pour aller à Toulouse en voiture ?

— Hé bé, il faut compter au moins deux heures trente. Prenez ces deux petits pains aux amandes, Ninon, je sais que vous les appréciez. Puis il faut des forces quand on se prépare à affronter des émotions trop grandes.

— Vous êtes un amour Mo, si je pars, je reviendrai vite.

La jeune femme rejoignit son appartement et construisit mentalement deux listes, l'une dans laquelle elle rangea tous les arguments qui la poussaient à prendre la route et dans l'autre, ce qui la retenait dans son élan. Cette dernière se montra bien courte et une évidence s'imposait à elle, elle devait aller à Toulouse. Il ne lui manquait que l'assentiment de quelqu'un et de qui d'autre que Ludivine. Elle rédigea un SMS très court qu'elle envoya à son amie. Il disait : « Mon père vit peut-être à Toulouse. » Puis elle prit un café-clope, l'un n'allant presque jamais sans l'autre. La réponse ne se fit pas attendre, son écran s'alluma, il était écrit : « Roule ma poule ! » Sa décision était arrêtée, les heures à venir seraient consacrées à préparer son départ et le lendemain matin, elle prendrait la route. Le début de l'après-midi lui permit de sélectionner les affaires essentielles, celles dont elle ne pourrait pas se passer. Elle ne voulait s'encombrer que d'un seul bagage, au cas où elle serait amenée à rester une ou deux nuits à l'hôtel. Elle finit par s'étonner, car c'est sans difficulté particulière qu'elle parvint plutôt rapidement à sélectionner ses habits et à tout faire rentrer dans l'unique valise. Comme il n'était pas encore très tard, elle alla se poser un temps dans la chaise longue et surfa sur son moteur de recherche pour trouver des renseignements utiles sur Toulouse.

Dans la ville rose

Malgré tous les changements qui bouleversaient sa vie, Ninon a passé une nuit réparatrice. Elle s'est endormie sitôt que sa tête fut posée sur l'oreiller et ses yeux fermés. Les pensées aptes à troubler son sommeil ont été refoulées et ce n'est que l'alarme qu'elle avait programmée sur son téléphone, qui la sortit de sa douce torpeur. Elle se leva, s'étira, fit couler son café et prit une douche stimulante qui acheva de la réveiller. Après sa toilette, elle enfila les vêtements les plus pratiques qu'elle avait sous la main, un jean et un tee-shirt. Elle se tint debout pour avaler son café, déchira un morceau du pain aux amandes, que Mo, lui avait donné la veille, le porta à sa bouche et l'engloutit rapidement. Elle mit entre ses dents le reste de la viennoiserie, juste pour pouvoir attraper sa valise, son sac à main et fermer la porte. Dans la foulée, elle chargea tout son paquetage dans sa minuscule Italienne, avec la même énergie, retira enfin la nourriture de sa bouche, s'installa au volant et démarra. Le petit pain fut englouti bien avant qu'elle ne soit sortie de Saint Genis. Il était sept heures moins le quart et elle était en route pour la ville que chantait si joliment Claude Nougaro, Toulouse.

Durant deux heures, au volant de sa voiture, elle ne se posa pas de questions, elle savait pourquoi elle avait pris la route et elle savait qu'elle avait raison d'avoir pris cette décision. Cependant, plus elle s'approchait de la ville rose, plus elle doutait. Comment allait-elle opérer ? Elle décida de faire confiance à son raisonnement logique. Ses enseignants avaient loué ce raisonnement tout au long de sa scolarité. Elle passa donc un certain nombre de possibilités dans sa moulinette à idées. Elle sut que ses explorations devaient nécessairement débuter à la gare puisque Pascal Vigaut semblait être arrivé à Toulouse par le train. Dans la grande ville, elle chercha un parking à proximité de la station ferroviaire, qui lui permettrait d'y laisser son véhicule et d'aller à pied dans le hall du bâtiment. Puisque telle était l'option retenue, elle se rendit au point de départ de sa quête.

La voiture bien garée, elle se dirigea vers la gare Matabiau. Elle se retrouva dans le hall et comme elle avait l'habitude de procéder quand elle voulait prendre des repères, elle fit un tour sur elle-même, s'arrêta face aux portes qui s'ouvraient sur les boulevards. Elle s'approcha des sorties d'un pas hésitant, franchit le seuil de l'édifice et réfléchit. Il venait de quitter la prison, n'avait presque pas d'argent, il arrivait dans un endroit inconnu et ne savait que pétrir et cuire la pâte à pain. Quelle put être sa priorité en franchissant ces portes ? Trouver du travail, il lui fallait bien vivre. Elle avait l'impression de rechercher une aiguille dans une botte de foin. Trouver une boulangerie qui aurait donné du travail à un homme, il y a trois ans, sans aucune photo, sans savoir à quoi ressemblait cet homme relevait de l'impossible. Le seul indice dont elle disposait : on le considérait comme excellent artisan. Ninon prit une immense inspiration, traversa non sans mal les grandes avenues qui passaient devant la gare et se retrouva à l'entrée du Toulouse historique. Elle comprit tout de suite d'où venait le surnom que l'on donnait à Toulouse, la ville rose. Du moins, elle le crut. Les murs de briques des constructions donnaient, une impression de couleur rose, tout en nuances. Il lui fallait choisir un chemin et commencer ses investigations. Alors qu'elle errait en pleine indécision, elle vit surgir d'une rue légèrement décalée sur sa gauche, la caricature parfaite du français moyen. Il s'agissait d'un petit vieux, béret vissé sur la tête, journal à la main et baguette sous le bras. Elle se dit que ce ne pouvait que constituer un signe, le destin qui venait à son aide. Elle s'engouffra sur les trottoirs de ce premier chemin. Elle se doutait qu'elle entamait une longue journée de marche, mais ses baskets lui tiendraient bien aux pieds et deviendraient ses alliées privilégiées pour sa quête naissante. Après une centaine de mètres, elle se trouva devant la vitrine d'une première boulangerie et en forçant à peine son regard, elle en aperçut une seconde quelques maisons plus loin. Elle attendit que le flux des clients se soit suspendu un instant pour entrer dans l'établissement. Elle arborait son plus beau sourire pour mettre toutes les chances de son côté et s'adressa à la vendeuse qui profitait de cette petite accalmie pour organiser ses présentoirs.

— Bonjour, mademoiselle, j'aurais aimé un renseignement, je recherche un boulanger qui aurait pu être embauché il y a trois ans environ, il s'appelle Pascal, mais souvent on le nomme Calou… Ça ne vous dit rien ?

— Il y a trois ans, je ne travaillais pas encore ici, attendez, je vais demander à mon patron.

La fille disparaît dans l'arrière-boutique et c'est le boulanger lui-même qui vient apporter sa réponse.

— Bonjour, Pascal… Ça ne me dit rien, mais vous savez, dans une grande ville comme la nôtre, toutes les semaines, on reçoit des personnes qui veulent travailler, ce n'est pas facile de se rappeler de tous. Vous aurez du mal à mettre la main dessus, mais bon, courage !

Ninon se doutait bien qu'elle ne le retrouverait pas à la première porte poussée, mais la réponse de l'homme ne se montrait pas très motivante. Elle remercia cependant tout le monde et s'avança vers la boulangerie suivante. Elle procéda de la même façon, afin de ne pas trop déranger les commerçants. À cet endroit, tout alla beaucoup plus vite. La dame à qui elle s'adressa la coupa net. Elle lui précisa qu'ils s'étaient installés là, il y a moins d'un an et que l'ancien commerçant ne vendait pas de pain. Au bout de la rue, elle prit sur sa droite et encore à droite pour se trouver dans une venelle parallèle à la première et qui remontait en direction de la gare. Elle fut alertée par une odeur de pain chaud après quelques minutes de marche. Celle-ci lui chatouillait agréablement les narines. Elle vit de l'autre côté de la rue, la troisième étape de sa randonnée gourmande. À nouveau, elle appliqua le protocole qu'elle avait mis au point dans les premières visites du matin. Après qu'elle a répété l'objet de sa recherche, le boulanger interrogé prononça des paroles qui eurent pour effet de faire accélérer le rythme du cœur de Ninon. Un espoir apparaissait.

— Votre histoire me dit quelque chose, je me souviens d'un homme qui était arrivé avec une valise, il cherchait un job et un toit pour dormir. Il ne me fallait personne, mais je lui avais proposé l'adresse d'un copain qui avait besoin de quelqu'un pour le seconder et je crois qu'ils avaient dû s'entendre à l'époque. C'était chez monsieur Stain, sa boulangerie se situait tout près du Capitole, elle se trouvait dans un passage qui donnait sur le square, rue Saint-Pantaléon. C'est facile à se rappeler, vous pensez au pantalon de Léon et c'est gagné.

Au fur et à mesure que le brave homme développait son discours, les yeux de Ninon s'emplissaient de larmes. Étaient-elles de joie ? Et pourquoi le seraient-elles ? Elle ne le connaissait pas ce Pascal Vigaut, elle ne savait pas non plus s'il souhaitait la rencontrer. En tout cas, elle lança de nombreux mercis à ce dernier boulanger, puisque c'était à peu près le seul mot qui pouvait sortir de ses lèvres à ce moment précis. Au-dehors, elle prit plusieurs bouffées d'air, elle en avait besoin et elle demanda aux passants de la guider pour rejoindre le Capitole. Ninon approchait de l'hôtel de ville, à chaque pas elle se posait les mêmes questions. Avait-elle raison d'être venue ? Voudra-t-il la voir, lui parler ? Elle traverse le square Charles de Gaulle et se trouve en face du grand édifice. En cherchant du regard, elle ne vit aucune vitrine de boulangerie. Il lui fallait donc trouver la rue Saint-Pantaléon. Les passants, qu'elle interpella, ne semblaient pas vraiment connaître jusqu'à ce qu'elle s'adresse à une vieille femme bien encombrée avec son sac de course dans une main et arc-boutée sur son déambulateur. La dame tourna la tête sur le côté, leva les yeux vers Ninon, lui offrit un magnifique sourire édenté et avec un accent toulousain à couper au couteau, lui dit :

— Mais, il faut mettre vos « cluques » demoiselle, vous vous trouvez juste sous le panneau.

— Mes « cluques » ?

— Ah, elle ne vit pas ici, la petite… Vos « cluques », vos lunettes, quoi. Levez la tête.

Ninon obéit et en effet, à un mètre de ses cheveux, elle put lire : Rue Saint Pantaléon, même si elle remarqua que quelque imbécile heureux aura barré le « é » avec un trait de peinture blanche. Vandalisme primaire à la hauteur de l'intelligence de celui qui a commis cet acte. C'est en tout cas la pensée qu'eut la jeune femme à cet instant. Elle remercia chaleureusement la dame âgée et s'avança dans la venelle d'un pas de moins en moins hardi. Très vite cependant, elle trouva la vitrine de M. Stain, son nom était écrit en grandes lettres au-dessus de la porte. La boulangerie semblait déserte, mais elle n'arrivait pas à y entrer, elle tournait en rond devant les étals de pâtisseries et faisait les cent pas. Puis prenant son courage à deux mains et pour s'assurer de ne rien regretter, elle s'y engouffra. Une femme se présenta.

— Bonjour, Madame, je viens vous voir sur le conseil d'un ami de monsieur Stain. Il m'a dit qu'un certain Pascal Vigaut pourrait travailler chez vous et je le cherche, je suis sa fille, mais il ne le sait pas.

La dame n'eut pas le temps de répondre qu'un grand monsieur apparut derrière elle et prit la parole.

— Calou, oui il a travaillé ici, c'était un sacré bon boulanger, et il ne se doutait pas que sa fille était devenue si jolie, c'est bien dommage. Je ne sais pas si je vais pouvoir beaucoup vous aider, car il nous a quittés il y a à peu près deux ans.

— Il est mort ?

S'inquiéta Ninon. Le boulanger fronça les sourcils, prit une inspiration et dit à la jeune femme.

— Non, non, il est vivant, mais il est parti, il ne travaille plus ici et c'est à cause de moi, je suis un imbécile, je me suis excusé, mais il n'a rien voulu savoir. Vous avez le temps ? Je vous offre un café et je vous raconte.

— Oui, si ça ne vous dérange pas, c'est gentil.

Monsieur Stain se tourna vers la vendeuse et lui dit :

— Luce, je te laisse fermer le magasin, je dois m'entretenir avec la demoiselle et il est bientôt midi. On va au café juste à côté, s'il y a un souci, tu sais où me trouver.

Il frotta rapidement les habits qu'il portait de telle sorte que toute la farine qui s'y était déposée tomba à terre. Il se retourna encore une fois vers Luce qui lui lançait un regard furieux.

— Oups, désolé, tu passeras un petit coup de balai avant de partir, merci.

Ninon se sentait un peu responsable du surplus de travail qu'elle donnait à la vendeuse, mais l'homme lui fit signe de le suivre et elle obtempéra. À une vingtaine de mètres de là, ils entrèrent dans un modeste estaminet dans lequel le boulanger semblait avoir ses habitudes. Après avoir lancé un bonjour à la cantonade, il fit une bise claquante à la serveuse et lui commanda deux cafés. Ils s'assirent à une table proche de l'entrée et monsieur Stain commença :

— Voilà, oui, Calou, du moins Pascal Vigaut est venu me voir un jour pour travailler. Il a joué cartes sur table, il m'a expliqué qu'il avait connu la prison pour un braquage, mais il n'est jamais entré dans les détails. Moi, ça m'allait bien, on a tous pu faire des bêtises dans notre jeunesse. Je ne dis pas ça pour vous, mademoiselle.

Ninon lui sourit et l'encouragea à continuer. Il enchaîna.

— C'était un bon boulanger, votre père, on travaillait bien ensemble. Je le trouvais juste un peu trop silencieux à mon goût, mais vu que le boulot était réalisé et bien fait, ça me suffisait. Mais un jour, on a eu un problème à la boulangerie, il manquait de l'argent dans le tiroir-caisse, quelqu'un s'était servi… Et…

À ce moment, la serveuse arriva avec les deux cafés, ce qui permit au boulanger de marquer une pause. Ninon qui buvait les paroles de l'homme l'incita à reprendre.

— Et… Que s'est-il passé ?

L'homme était gêné, embarrassé.

— Ben, avec son passé, je l'ai soupçonné, j'ai crié et j'ai eu des mots très durs envers lui. Il faut me comprendre, je digérais mal le choc du vol et je tenais un coupable tout désigné… Mais je n'ai pas appelé la police, heureusement, je voulais juste qu'il me restitue l'argent… En fait, c'est son tablier qu'il m'a rendu, il m'a laissé tomber du jour au lendemain, il n'est plus venu travailler. Entre-temps, ma fille de seize ans à l'époque m'a avoué que c'était elle qui avait pris l'argent pour se payer une place de concert. Comme j'avais honte vis-à-vis de Calou.

— Vous lui avez dit, vous ne l'avez pas repris ?

— J'aurais bien voulu, je suis allé m'excuser, je savais dans quel hôtel il créchait. Je lui ai même proposé une augmentation pour qu'il revienne, mais il n'a pas accepté. Il m'a dit que pour le monde entier, il resterait toujours un voleur et un ex-taulard et que jamais on ne lui ferait confiance. Alors je l'ai laissé, je lui ai assuré que ma porte lui serait à jamais ouverte, mais il n'est pas revenu… C'est quelqu'un de fier votre papa.

— Vous savez s'il habite toujours dans cet hôtel.

— Aucune idée, mais je peux vous donner le nom et l'adresse.

Il sortit un stylo de sa poche et sur une serviette jetable, il griffonna quelques mots. Il tendit le petit carré de papier blanc à Ninon et elle y déchiffra :

Auberge de jeunesse
Rue Bertrand de Born
Près de la gare.

Ninon vida son café, remercia l'homme encore tout secoué par les aveux de son erreur nourrie par tant de préjugés. Chacun repartit à ses occupations, le boulanger à son fournil et Ninon à ses recherches. L'heure avançait, elle n'avait pas vraiment envie de manger, mais son estomac, bien que noué par la quête qu'elle menait, lui suggéra une petite faim naissante. C'est donc par cela qu'elle commencerait. Elle avait repéré, place du Capitole, plusieurs cafés avec des terrasses, qui semblaient si accueillantes qu'elle décida d'aller s'asseoir à l'une d'elles. Elle y commanderait un Perrier-rondelle et quelque chose à grignoter. De nombreux touristes l'entouraient malgré l'entre-saison, compulsaient les plans de la ville, visionnaient les photos tirées le matin même et parlaient très fort dans une multitude de langues dont quelques-unes paraissaient inconnues à Ninon. Le serveur s'approcha, elle passa commande. Elle fit le point sur l'état d'avancement de ses investigations en attendant son en-cas. Ses sentiments étaient partagés. Elle se disait qu'elle n'avait aucune certitude et que depuis qu'il avait quitté la boulangerie de monsieur Stain, il pouvait être parti n'importe où en France. Si tel était le cas, ce père qu'elle ne connaissait pas, il lui faudrait peut-être renoncer à le retrouver, mais d'un autre côté, il restait un espoir. Il y a deux ans, elle sait qu'il vivait ici dans la ville, tout près de la gare. Il fallait s'accrocher à cette piste et ce matin, quand elle a garé sa petite Italienne, elle ne s'attendait pas à retrouver la trace de Calou aussi vite. Le serveur l'interrompit dans ses pensées en posant sa commande sur la table. Elle régla son dû. C'était bon, ça lui faisait du bien tant à l'estomac qu'au moral. Elle termina sa boisson et repartit en direction de la gare. Il fallait que dans les alentours, elle trouve la rue que le boulanger lui avait indiquée et l'auberge de jeunesse qui la rapprochera peut-être encore de son père. Ninon se retrouva rapidement à l'endroit précis où elle avait vu en démarrant ses recherches, le petit monsieur avec sa baguette sous son bras... Que le destin peut quelquefois s'adonner à la taquinerie ! Cela la fit sourire et elle pensa qu'il fallait qu'elle prenne ce second signe de la journée comme celui d'un nouveau départ. Elle ne mit pas longtemps pour trouver la rue Bertrand de Born, c'était un petit passage parallèle aux chemins qu'elle avait suivis quelques heures auparavant. Dans cette rue, les immeubles se ressemblaient. Leurs façades présentaient très souvent un rez-de-chaussée en brique rouge et trois ou quatre étages dont les fenêtres paraissaient hautes, mais étroites. Ninon parcourut toute la rue dans les deux sens, espérant voir un panneau, ou un autre indice qui laisserait penser qu'elle se trouvait au bon endroit, mais rien, juste des immeubles en enfilade. Loin de se décourager, elle attaquait son troisième passage entre les murs rose orangé lorsqu'elle eut l'idée de lire les indications visibles sur les boîtes aux lettres. Son manège finit par intriguer une dame très forte qui l'observait depuis sa fenêtre du premier étage d'un de ces immeubles jumeaux. Elle entrouvrit un battant et cria :

— Oh la demoiselle, vous cherchez quelque chose, on peut vous renseigner ?

— Oui, bonjour, je dois trouver une auberge de jeunesse qui devrait se situer dans cette rue.

Ninon ne possédait pas une voix qui porte et la dame, peut-être un peu dure d'oreille, ne comprit pas un traître mot de la supplique de Ninon. Heureusement, elle semblait bien dévouée et puis ça l'occuperait un moment.

— Je n'entends pas, je descends…

Ninon attendit quelques minutes, la porte s'ouvrit. La dame qui apparut semblait plus impressionnante encore que derrière sa fenêtre. Elle remplissait bien l'encadrement de la porte et mesurait bien deux têtes de plus que Ninon. Avec d'énormes difficultés liées à sa corpulence, elle s'approcha de Ninon.

— Alors la Pitchoune, répète-moi voir les mots que tu m'as dits quand j'étais là-haut…

— Ben voilà, reprit Ninon, je cherche une auberge de jeunesse qui devrait exister dans cette rue, mais je ne la trouve pas.

— C'est bizarre, ça ne me dit rien. Elle se tourna vers une deuxième dame qui, de l'autre côté de la rue, tapait son paillasson sur un mur. L'espace disparut dans un épais brouillard poussiéreux. Dis, la pollueuse, tu ne saurais pas s'il y a une auberge pour les jeunes ici, ou un truc dans le genre, c'est la demoiselle qui cherche.

— Faut bien qu'je fasse mon ménage, ce n'est pas toi qui vas venir m'aider… Hein… Au 25, je sais qu'il y a une pension ou un hôtel… C'est peut-être ça qu'elle cherche la jeune dame. S'adressant alors à Ninon, désolée pour la poussière, mais il faut que ça se fasse.

Ninon acquiesça, remercia les deux dames et les laissa à leur discussion sur l'art du travail bien fait et de la propreté de leurs intérieurs. En recherchant le numéro 25, elle sourit en repensant à la manière dont la plus enrobée l'avait interpellée, pitchoune, c'était ainsi que l'appelait sa grand-mère… C'était peut-être un mot du Sud.

La voici devant le 25. Un immeuble avec trois balcons, les uns au-dessus des autres. Elle poussa la porte qui n'était pas fermée et se trouva devant un comptoir. L'entrée paraissait propre, bien qu'un peu vieillotte. Pendant qu'elle inspectait l'endroit comme à son habitude quand elle découvrait un lieu nouveau, elle entendit une voix relativement lointaine qui lui dit :

— Ne bougez pas, mademoiselle, j'arrive…

Ninon se demanda quelques secondes comment la voix pouvait savoir qu'elle était une demoiselle, elle n'avait encore rien dit. Soudain, elle aperçut, dans un angle que formait la paroi et le plafond, une petite caméra. Un homme d'une quarantaine d'années arriva.

— Bonjour, mademoiselle, vous désirez une chambre, car je suis embêté, il ne me reste que des places en dortoirs et comme ceux-ci sont mixtes, je préfère vous prévenir tout de suite.

— Non, non, c'est gentil, je ne veux pas de lit, je cherche un homme qui aurait séjourné ici, il y a deux ans environ. Je dois vous avouer cependant que je ne sais pas s'il réside encore chez vous ni même s'il habite toujours à Toulouse. Vous demeurez ma seule piste pour le retrouver.

— Écoutez, je suis doté d'une très bonne mémoire, je pourrais vous aider. Montrez-moi une photo, donnez-moi un nom ?

— Hélas ! pas de photo, il se nommait Pascal, Pascal Vigaut, ses amis l'appelaient…

Elle n'eut pas besoin de finir sa phrase, c'est l'homme en face d'elle qui termina.

— Calou ! Quelle chance, mademoiselle ! Je peux vous assurer qu'il traînait encore sur Toulouse il y a trois semaines, puisqu'il est venu chez nous. Il dort ici de temps en temps, mais ce n'est plus un client régulier. En fait, vous le savez peut-être, il a perdu son emploi de boulanger, alors, pendant quelque temps, comme il lui restait un peu de quoi voir venir, il a continué à habiter dans notre pension. Un jour, l'argent a commencé à lui manquer, il a fait des petits jobs, ça l'occupait puis ça lui donnait quelques sous. Quand il en avait assez, il revenait dormir ici sinon les autres soirs, la rue était devenue sa chambre et le ciel sa couverture.

— Ninon qui ne connaissait toujours pas ce Calou avait les yeux qui commençaient à s'humidifier, elle sentait les larmes qui arrivaient et qui pouvaient la submerger à chaque instant.

— Vous me dites que c'est un SDF, un marginal ?

— C'est un peu ça, demoiselle. Vous savez, il ne se débrouille pas trop mal. Quand il ne travaille pas, il fait la manche place Wilson et quand il a assez, il vient se payer une ou deux nuits chez nous, il en profite pour laver ses habits et faire sa toilette. On est resté de bons amis.

— Vous venez de m'annoncer que mon papa était un clochard, mais qu'il ne se débrouillait pas trop mal… Je voudrais bien savoir la signification pour vous de victime de la vie ? Excusez-moi de m'énerver, mais je suis un peu fatiguée, et comment je le trouve moi maintenant ?

— Ne m'en voulez pas, je ne savais pas que Calou, c'était votre papa, je n'ai pas fait preuve de beaucoup de délicatesse. Allez sur la place Wilson, on le voit souvent sur les bancs vers la fontaine. Place Wilson, ce n'est pas loin du Capitole.

— Je ne vous en veux pas, moi non plus, je ne savais pas que c'était mon papa… Merci, au revoir.

Retourner vers le Capitole, Ninon s'imagine de plus en plus vivre l'existence d'une balle de tennis que deux joueurs s'échangeraient l'un, l'autre de la gare au Capitole. Abasourdie par la nouvelle qu'elle venait d'apprendre, elle décida qu'elle avait accumulé assez d'émotions pour aujourd'hui et qu'il était temps pour elle de se poser pour la soirée. Elle savait que le lendemain, rien ne s'avouerait simple. Elle passa au parking où l'attendait sagement sa petite voiture de location, en sortit son unique valise et repartit direction le Capitole à la recherche de la place Wilson et de quoi dormir à proximité. Déjà, elle repéra la place du président américain puis dans une rue adjacente, choisit un hôtel et prit une chambre pour la nuit. Allongée sur le lit, elle repensait à toutes les découvertes faites sur son père en une journée et elle se souvint que pour la première fois, elle l'avait appelé papa. Elle ferma les yeux et tenta de construire un visage à ce papa. Elle se dit que sa grand-mère devait lui en vouloir au plus haut point pour n'avoir gardé aucune image de lui. Elle l'imaginait avec une barbe longue et sale, portant des haillons. Chaque fois qu'elle chassait cette représentation, elle s'imposait à nouveau à elle. Par bonheur, les bruits de la ville finirent par l'attirer vers sa fenêtre. La place Wilson, au pied de l'hôtel, était éclairée et animée. Tout autour, elle devina des restaurants sympathiques qui se remplissaient doucement.

Bien qu'ayant légèrement mal aux pieds, elle ne résista pas longtemps et elle quitta l'hôtel pour se mêler à la foule estudiantine à laquelle s'ajoutaient quelques groupes de touristes. Sous les néons colorés, elle trouva une brasserie au personnel fort sympathique qui lui servit de quoi se sustenter, rien de tel pour lui faire apprécier l'instant. Elle termina par un petit café. Une gitane lui proposa une rose porte-bonheur, mais elle déclina l'offre. Elle se dit néanmoins qu'un talisman aurait pu lui porter chance pour le lendemain. Elle décida encore de se rendre vers la fontaine dont on lui avait parlé dans l'après-midi avant de rejoindre sa chambre, celui qu'elle cherche s'y trouverait peut-être. Elle paya son repas et traversa la place. Elle y croisa beaucoup de monde, de nombreux groupes, peu de solitaires.

Arrivée à la fontaine, elle en fit le tour, observa chacun des bancs qui étaient posés là. Elle n'y vit personne qui puisse ressembler à un SDF, même à un SDF, qui ne s'en sortait pas si mal… Elle prit encore le temps de lire la description de la statue qui dominait les bassins de la fontaine et apprit qu'il s'agissait de Pierre Goudouli, un poète toulousain. Elle se dirigea vers l'hôtel et sa chambre, consciente de ce savoir nouveau. En chemin, machinalement, elle avait sorti son portable. Elle avait besoin de partager l'état de ses recherches avec son amie Ludivine, pour l'encourager à continuer, pour trouver les mots susceptibles de lui remonter le moral ? Elle avait commencé à faire jouer son pouce sur l'écran pour envoyer un texto, qui raconterait tout. Mais arrivée dans sa chambre, elle se rendit compte qu'un message ne suffirait pas, qu'elle avait envie d'entendre la voix de Ludivine. Elle effaça tous les mots qu'elle allait envoyer et dans ses contacts trouva son amie et l'appela. Le téléphone ne sonna pas longtemps, elle commença :

— Allo, c'est toi ?

— Non, lui répondit ironiquement Ludivine, c'est la dame de cœur… Évidemment que c'est moi, ça va mon bouchon ? Tu ne t'es pas perdue seule, à Toulouse ?

— Pour te dire la vérité, je ne connais qu'un quartier de Toulouse.

Elle lui raconta ses allées et venues à répétition entre la gare et le Capitole et les rencontres qu'elle a réalisées durant cette journée. Elle lui expliqua la piste qu'elle était en train de suivre et son désarroi lorsqu'elle a appris que son père était un « sans domicile fixe ». Elle lui dit ses difficultés à penser que ce soir elle ne savait pas où il allait dormir. Elle lui révéla les espoirs qu'elle plaçait dans le lendemain, puis la peur qu'elle avait à ne pas réussir à lui parler. Ludivine sut écouter, ce n'était pourtant pas son fort. Puis elle trouva les mots qu'il fallait pour réconforter son amie. Elle la poussa à relativiser, à admettre que son père n'avait pas perdu tout espoir en l'existence puisqu'il continuait à prendre soin de sa personne chaque fois qu'il le pouvait. Elle lui fit comprendre qu'il avait subi des accidents de la vie qui l'avaient conduit à sa situation actuelle. Elle lui précisa que dans toutes les informations fournies depuis le début, rien ne montrait de lui qu'il s'agissait d'une méchante personne. Il était plutôt victime de sa fierté, de son amour pour sa mère, des circonstances tout simplement. Ninon ne l'avait jusque-là, jamais considéré comme un martyr, cette idée, lui ouvrait de nouvelles perspectives et pourrait l'aider à l'aborder si elle avait la chance de le rencontrer. C'était peut-être de cette image tellement plus positive qu'elle avait besoin pour trouver le sommeil. Elle remercia Ludivine, échangea avec elle quelques banalités sur leurs vies respectives et la salua :

— Bisous, ma Lulu, merci, tu es un amour.

Les paroles de Ludivine tournèrent un moment en boucle dans la tête de Ninon. Puis le sommeil et la fatigue firent œuvre collective pour l'emmener à la frontière du conscient et de l'inconscient, là, où réalité et rêves se côtoient et se confondent. Sa nuit fut habitée d'un père courageux et d'une mère aimante. Il y avait aussi des grands-parents présents, une Ludivine délurée, une grosse dame à l'accent toulousain et un poète qui déclamait ses textes en langue d'oc. Le pauvre homme plongeait ses pieds dans l'eau d'une fontaine sous les yeux du président Wilson assis sur un banc…

La rencontre

Quand l'alarme de son téléphone résonna, Ninon mit un certain temps pour que ses idées reprennent leur place. Elle fit rapidement sa toilette, rangea ses affaires dans sa valise et descendit à l'accueil de l'hôtel, où l'attendait un copieux petit-déjeuner. Le jeune homme qui l'invita à prendre place à une table et à se servir au buffet prévu à cet effet, lui présenta succinctement ce qui lui était proposé. Il insista sur les croissants et les chocolatines qui se côtoyaient dans le panier de viennoiseries. Ninon ne put s'empêcher de lui expliquer que dans sa région, il s'agissait de pains au chocolat. La précision fit sourire le jeune homme qui proposa d'en laisser là le débat, sachant que chacun resterait sur ses positions. Elle admit que c'était une sage décision. Remarquant que le contact s'avérait plutôt bon, elle demanda si elle pouvait laisser sa valise quelque part. Elle expliqua qu'elle ne savait pas encore si elle passerait une deuxième nuit à l'hôtel ou si elle s'en irait. Il est vrai que les évènements qu'elle vivra dans la journée l'aideront certainement à prendre une décision. L'agent d'accueil fit glisser le bagage derrière son comptoir, précisa à Ninon qu'il préviendrait la personne qui le remplaçait vers midi. Lui, il reviendra à 18 heures et donc, que sa valise ne risquait rien. Ninon remercia l'homme de sa gentillesse et sortit de l'établissement, face à elle, s'étalait son terrain de chasse. C'est en ce lieu que cela devait se passer. Elle était tout à la fois apeurée et excitée.

Elle s'avança dans les allées de la place, elle allait tourner dans ce parc une page de sa vie. N'étant pas pressée en cette heure matinale, elle flâna un peu, s'arrêta vers ce qui l'attirait sans pour autant perdre son objectif de vue, la fontaine et ses bancs. Malgré les pauses qu'elle aura marquées dans son approche, elle fut la première à parvenir au centre du jardin. Personne n'occupait le moindre banc. Elle se retrouva donc devant un choix cornélien. Elle fit deux fois le tour de la fontaine et s'assit enfin sur celui qui permettait d'admirer la statue du poète. Elle pensait qu'un habitué des lieux préférerait être exposé, plutôt au côté face qu'au côté pile, plutôt au visage qu'au popotin. À peine fut-elle installée, qu'un homme dessina le même cercle qu'elle autour de la fontaine. Il était vêtu d'un ensemble en jean et portait une casquette et une guitare dans le dos. Il tirait un chariot, sur lequel se trouvaient un ampli et un pied de micro. Il s'arrêta juste devant elle, tournant le dos à la fontaine, puisqu'elle était pour l'instant son seul public. Sans prononcer le moindre mot, il s'avança à un mètre de Ninon, esquissa une révérence maladroite et lui décocha son plus beau sourire auquel elle répondit timidement. Il retourna vers sa guitare et pendant qu'il installait son matériel, Ninon observait chacun de ses gestes jugeant d'ailleurs certains profils tout à fait à son goût. Lors du salut qu'il lui avait adressé, Ninon qui n'avait pourtant pas l'esprit à la bagatelle avait remarqué les beaux yeux bleus du troubadour des temps modernes. Celui-ci allait se produire au moins le temps d'une chanson rien que pour elle. Elle était troublée, mais elle ne devait pas, elle se trouvait à ce moment précis et dans ce lieu pour une chose bien précise, retrouver son père. Elle se débrouilla pour reléguer son émoi au plus profond de son être. La difficulté parut plus grande encore lorsqu'après avoir posé sa casquette à ses pieds, le musicien enchaîna ses premiers accords et fit chauffer ses cordes vocales.

Sa voix se révélait chaude et douce à la fois. Elle ne laissait pas Ninon insensible, comme elle ne laissait pas indifférents les promeneurs qui s'approchaient pour profiter des premiers refrains entonnés. Le chanteur avait-il remarqué l'effet qu'il produisait sur Ninon ? Toujours est-il qu'il jouait avec elle, lui adressant tout au long de ses couplets, des sourires enjôleurs ou des œillades coquines. Il tissait sa toile et cela semblait fonctionner, elle lui rendait ses sourires, baissait le regard lorsqu'il insistait un peu trop et chantait avec lui le reste du temps. Sans s'en douter, il avait complètement dédramatisé la situation. Ninon prenait un réel plaisir à être assise sur ce banc. Elle se disait que si son père ne venait pas, ce ne serait pas grave, le moment qu'elle passait la satisfaisait par son charme et c'était bon à vivre. Le répertoire du guitariste était constitué de chansons françaises des années soixante-dix et quatre-vingt. Et quand les tubes le méritaient, il allait visiter d'autres époques, mais toujours dans la langue de Molière. Ainsi lorsqu'il entonna un standard du grand Georges, « Les amoureux des bancs publics », il vint s'asseoir à côté de Ninon et illustra sa chanson par une approche à peine dissimulée. Son initiative fit rire les spectateurs de plus en plus nombreux autour de lui et rougir la pauvre Ninon qui ne recula pas pour autant. Elle joua le jeu jusqu'au bout. Après la dernière note, sous les applaudissements de la foule grandissante, il annonça une petite pause, souligna la présence de sa casquette et revint se poser à côté de Ninon, qui paraissait de plus en plus troublée.

— Bonjour demoiselle, je m'appelle Manu, mais je suis plus connu sous le surnom de « gros lourd, qui met les jeunes filles mal à l'aise », se relevant rapidement, vous acceptez que je m'installe près de vous.

— Vous ne m'avez pas demandé la permission pour venir la première fois.

— C'est vrai, mais maintenant que l'on a partagé le spectacle ensemble, nous sommes devenus un peu intimes.

— Je n'irais pas jusque-là, mais je dois bien avouer que c'est assez agréable de passer un moment à vous écouter, vous êtes doté d'une très jolie voix. Vous vivez de votre art ? Vous chantez souvent ici ?

— J'espère qu'il n'y a pas que ma voix, que vous trouviez jolie, le reste du gaillard vaut le détour également.

— Il est vrai que vous avez de très beaux yeux aussi… Vous n'avez pas répondu à mes interrogations.

— Je vous propose un jeu, je réponds à vos questions, mais vous répondez aux miennes.

— Chiche, alors ?

— Je suis étudiant en dernière année à la fac de science et oui, je viens gagner mon argent de poche à la barbe de Goudouli… Lui qui ne souhaitait qu'écrire en occitan, moi je ne chante qu'en français, je pense qu'il doit m'en vouloir… À mon tour : Que fait une demoiselle si belle, avec un accent si étrange, seule, assise sur un banc au milieu d'un parc ?

— Elle attend quelqu'un, mais elle ne sait pas s'il viendra ni si elle le reconnaîtra… À moi : Parmi votre public, vous arrive-t-il de compter des SDF ?

— Elle est bizarre cette question, mais oui, j'ai remarqué un habitué… Il passe des heures à m'écouter et lui qui n'a que peu d'argent, ne part jamais sans me laisser une pièce. Il ne dit jamais rien, il semble s'imprégner de ma musique, parfois quand une chanson le touche, il pleure. Je veux vous en poser une dernière et je m'y remets sinon ma casquette ne se remplira jamais. Vous accepteriez de partager mon repas ce midi ?

— Je ne sais pas, c'est un peu cavalier comme approche, mais si vous me promettez qu'on pourra parler du SDF, ça marche…

— Je pensais vous entretenir d'autre chose, mais bon, satisfaisons-nous de ce l'on nous donne. Vous restez ?

— Eh, je croyais que c'était fini les questions.

Manu lui adressa le plus beau des clins d'œil, qu'il avait en stock. Il savait déjà qu'elle resterait. Il chanta pour elle toute la fin de la matinée. Elle l'applaudit, elle lui sourit, elle fredonnait encore avec lui. Elle alla jusqu'à tenter de le prendre en photo sans qu'il ne s'en rende compte, mais c'était très difficile, il ne la quittait plus des yeux. Ninon ne remarqua pas le temps qui filait et avait oublié pourquoi elle se trouvait ici, assise sur ce banc. Soudain, Manu annonça la fin de son tour de chant. Il précisa qu'il était attendu par la plus mignonne des touristes de la place, voire de Toulouse, et qu'il serait de retour tout l'après-midi pour le plaisir des petits et des grands… Il rangea son matériel au centimètre près sur son chariot, endossa sa guitare et proposa à Ninon de l'accompagner. Ils n'allèrent vraiment pas loin. Tout près du square existait d'après Manu, la meilleure pizzeria-trattoria du monde… C'est ainsi qu'ils partagèrent une table en terrasse. Lorsque la serveuse s'approcha, Manu se lança dans un numéro comique qui devait lui permettre de faire les présentations entre Gina et… Il se rendit compte qu'il ne savait toujours pas le prénom de son invitée, il s'en trouvait tout confus.

— C'était la première question que j'aurais dû te poser, avança-t-il. Si tu m'avais répondu Berthe, je serais parti en courant. Tu ne t'appelles pas Berthe, rassure-moi ?

— Non, moi, c'est Ninon, mais je crois que Gina attend notre commande.

— Une « frutti di mare » pour moi, et une…

— La même chose.

— Super, ainsi tu pourras me faire goûter.

— Ça ne t'arrive jamais de garder ton sérieux, depuis ce matin tu enchaînes les pitreries.

— Je ne me sens jamais aussi sérieux que lorsque je plaisante. Ça veut dire que je suis heureux et je ne joue jamais avec mon bonheur, j'aurais trop peur de le casser.

Doucement, le vousoiement avait fait place au tutoiement. Les deux jeunes adultes ne se quittaient pas des yeux ou alors pas longtemps, ils parlaient de leurs vies, ils apprenaient à se connaître, mais n'échangeaient pas sur le SDF. Elle lui avait dit qu'elle passait ses vacances dans le Sud, mais que celles-ci prenaient une drôle de tournure. Elle ne lui avoua pas tout, mais lui parla de ce père qu'elle croyait mort, mais qui semblait bien vivant et qu'elle devait peut-être rencontrer aujourd'hui. Elle lui dit qu'elle venait de l'autre bout de la France et que si tout se déroulait comme prévu, elle repartirait le soir même. Manu, encaissa la nouvelle aussi mal qu'il le put, et l'uppercut laissa des traces sur son âme et dans son cœur. Il lui dit qu'il finissait l'année scolaire à Toulouse et qu'il repartait après vers sa famille en Côte-d'Or. Il était Dijonnais et baptisé à la moutarde forte. C'est lui qui ramena la conversation sur le père de Ninon.

— Alors Ninon, ce SDF que tu cherches, c'est ton papa ?

— C'est mon géniteur plutôt, on ne s'est jamais rencontré. Il ne sait pas que je le cherche et il ne voudra peut-être pas me parler.

— Il est vrai qu'il ne parle pas beaucoup le monsieur à qui je pense, mais s'il ne te reconnaît pas avec ses yeux, il te reconnaîtra avec son cœur. Il ne pourra pas te tourner le dos si tu lui dis toutes les démarches mises en œuvre pour le retrouver. J'ai confiance, il te parlera.

Le repas se termina, Manu devait aller reprendre son gagne-pain, et Ninon devait retourner s'asseoir sur son banc et espérer. En quittant la pizzeria, ils parcoururent le même chemin qu'à l'aller, mais en sens inverse, remontèrent les allées en échangeant quelques banalités. À quelques mètres de la fontaine, Manu s'arrêta, Ninon en fit autant et demanda.

— Tu as oublié quelque chose ?

— Il t'attend Ninon, ton père est assis sur ton banc.

Ninon blêmit, elle sentait ses jambes qui s'échappaient sous son corps. Elle avait fait un tas de kilomètres, dormi à l'hôtel, poussé beaucoup de portes pour ce moment-là et elle allait défaillir, elle pensait qu'elle n'y arriverait pas.

— Tu veux que je te laisse, que je t'accompagne ?

— Non, pas tout de suite, va chanter, je viens avec toi.

Manu s'installa en face de l'homme solitaire, lui fit un petit signe de la main auquel l'habitué répondit par un hochement de tête. Ninon s'assit sur le bord de la fontaine derrière Manu. Ainsi cachée, elle observait celui qui devait être son père, elle essayait d'attraper son regard, mais baissait les yeux chaque fois qu'il levait la tête. Manu de son côté avait commencé son récital, mais elle ne l'entendait pas, tous ses sens étaient dirigés vers une seule cible. Entre deux chansons, le Dijonnais la poussait à s'approcher de l'homme, mais chaque fois elle lui répondait :

— Attends… Pas tout de suite… Plus tard !

Elle attendit tant et tant que ce fut l'homme qui se leva. Il semblait un peu plus grand que Manu, à peine. Il portait une petite moustache qui émergeait d'une barbe de deux ou trois jours. Il semblait maigre, un peu comme s'il ne pouvait pas manger régulièrement à sa faim. Ses habits sombres, presque noirs, ajoutaient encore à sa maigreur. Silencieux, il s'approcha de la casquette de Manu, y glissa une pièce et commença à s'éloigner. Alors, faisant fi des gens qui l'entouraient, Ninon se précipita sur ses talons et cria :

— Monsieur, c'est vous Calou ?

L'homme s'arrêta, mais ne se retourna pas tout de suite. Ninon reprit :

— C’est vous Calou ?

Manu ne savait pas s’il devait se remettre à chanter ou se taire, mais les touristes ne se doutaient pas de ce qui se jouait à cet instant, alors, ils réclamaient un autre titre. Il s’exécuta sans pour autant quitter sa nouvelle amie des yeux.

— Qu’est-ce que vous lui voulez à Calou ?

Demanda l’homme qui fit enfin l’effort de se retourner.

— Je voudrais lui dire que je suis sa fille et que j’aimerais le connaître.

— Il n’a pas de fille, Calou, il vit tout seul.

— C’est dommage, je suis la fille de Calou et Angélique de Saint-Genis des Fontaines. Je n’ai pas pu connaître ma mère, mais il me restait une chance de rencontrer mon père, j’ai dû me tromper de personne.

L’homme la dévisagea, comme elle ne l’avait jamais été. Il plongea ses yeux dans les siens, lui remonta derrière l’oreille une mèche un peu rebelle que le vent d’autan avait décoiffée et il sortit de sa poche un petit portefeuille au cuir tout craquelé. De ce portefeuille, il tira une photo à peine plus grande qu’un timbre-poste. Sur le recto, il y avait un bébé tout nu dont le cordon ombilical n’était pas encore détaché, et sur le verso était écrit : Ninon 1997. Le point du i était remplacé par un petit cœur.

— C’est moi, s’assura Ninon, les yeux tout mouillés.

— C’est ta maman, c’est Angélique qui écrivait les i comme ça, ajouta l’homme en pleurant.

Les deux inconnus tombèrent dans les bras l'un de l'autre. Père et fille rejoignirent le banc le plus proche. En marchant, elle lança un sourire à Manu et celui-ci lui répondit par un autre. Cet après-midi, ses chansons avaient toutes un point commun, les amours naissantes. Allez savoir pourquoi. Ninon et Calou restèrent un moment sans rien dire, simplement, ils se tenaient la main, se caressaient les joues, leurs peaux faisaient connaissance. C'est lui qui brisa le silence.

— Et tes grands-parents ?

— Ils sont morts.

— Ils se sont bien occupés de toi ?

— Oui, ils étaient gentils.

— Ils t'ont parlé de moi ? De ta maman ?

Ninon baissa les yeux, ce fut sa réponse.

— Ils ont peut-être bien fait, tu sais, ne leur en veux pas, ils ont fait de toi, une belle jeune femme, tu ressembles à ta maman. Comment m'as-tu retrouvé ? Qui t'a guidé jusque vers moi ?

Ninon se lança dans un grand exposé dans lequel elle raconta tout ou presque, la location de la maison de Saint-Genis, son arrivée à la boulangerie, la gentillesse de Mo et de Claudine et ses recherches dans Toulouse. Elle n'évoqua ni le braquage ni la prison. C'était trop tôt.

Pendant qu'ils parlaient, ils n'avaient pas remarqué que Manu avait remballé tout son matos de musicien. Il était sur le point de disparaître, mais il ne voulut pas s'en aller sans tenter quoi que ce soit avec Ninon. Il s'approcha sur la pointe des pieds et osa :

— Ninon !

— Oui ! Se tournant vers son père, tu connais Manu ?

— Alors, voilà, moi j'ai fini, on se dit au revoir, on ne se revoit plus, tu repars ce soir ?

Elle observa Calou qui par son regard flétri la suppliait de rester un peu, un tout petit peu. Elle dit alors à Manu :

— Je vais rester jusqu'à demain, je crois… Je vais passer la soirée avec Calou, euh, je veux dire papa. On ira chez Gina, tu nous rejoins après, vers vingt heures trente, tu es d'accord papa…

Ce dernier « tu es d'accord papa » fit éclater de rire le trio fraîchement constitué. Manu s'éloigna alors en lançant un baiser et en envoyant un signe de la main. Ninon proposa à son père de passer à l'hôtel pour réserver sa chambre et voulut en prendre une pour lui, mais il rejeta l'idée. Il lui dit qu'il logeait chez un ami et que ses affaires l'attendaient là-bas. Elle n'en sut pas plus et n'en demanda pas davantage. Puis elle, le tenant par le bras et lui, lui caressant la main, ils se sont dirigés chez Gina, la meilleure pizzeria du monde. Devant la carte, Calou se crispa, il dit à Ninon d'une voix basse pleine de honte :

— Je ne peux pas, Ninon, je n'ai pas l'argent.

— Papa, ce soir, c'est moi qui offre, tu te fais plaisir, je veux que tu te sentes heureux, comme moi je le suis.

Ils s'installèrent à une table dehors, Calou a perdu l'habitude de se mêler à la foule et il était plus facile pour lui de rester en extérieur. La situation générée par ces retrouvailles inattendues l'oppressait déjà bien assez. Quand Gina vint prendre la commande, Calou demanda des lasagnes, il se rappelait qu'Angélique cuisinait les meilleures lasagnes de tout Saint-Genis. Ninon s'engagea sur un basique en restaurant italien, des pâtes carbonara. Entre deux fourchettes portées à sa bouche, sous la nappe, elle envoya ce texto à Ludivine : « Je mange avec papa ». Elle reçut une ligne entière de cœurs pour toute réponse. Le repas ne tint cependant pas toutes ses promesses, elle n'osa pas lui parler des années sombres de sa vie. Lui, il s'obstina à lui raconter sa maman. Il reconnut à demi-mot et parce que d'autres l'avaient dit avant lui qu'il était en son temps un bon boulanger, qu'il aimât ce métier, travailler la pâte et sentir l'odeur du pain chaud. Pendant qu'elle l'écoutait, une idée germait en elle, mais pour que cela débouche sur quelque chose, il fallait qu'elle rentre sur Saint-Genis. Elle expliqua donc à son père qu'elle allait être obligée de repartir quelques jours, mais qu'elle reviendrait le plus vite possible. Pendant qu'elle s'absentera, elle veut qu'il dorme dans un vrai lit et qu'il puisse s'assurer une bonne hygiène de vie. Elle lui proposa de prendre une chambre dans son hôtel, mais il refusa. Il accepterait seulement de retourner dans la pension de la rue Bertrand de Born. Ninon lui accorda cette concession, d'autant plus qu'un autre homme rencontré ce jour se joignit à eux. Ils prirent tous les trois un petit café et Manu s'inquiéta :

— Vous faites connaissance, vous trouvez plein de points communs, vous vous faites des tas de révélations ?

Ninon le foudroya du regard pour qu'il n'avance pas plus loin sur ce terrain glissant. C'est Calou qui répondit de façon un peu évasive.

— Mais oui, on s'apprivoise doucement, mais j'ai l'impression que vous aussi, vous avez besoin de vous apprivoiser. Je vais aller me coucher, il faut que je digère ce bon repas, je n'ai plus l'habitude. On se voit à quelle heure demain Ninon ?

— On dit huit heures devant la pension, on s'embrasse.

Calou, d'un air gêné, déposa un bisou sur la joue de sa fille et lui glissa dans l'oreille.

— Tu es belle, petite Ninon, à demain.

— À demain, papa, répondit-elle.

En le regardant s'éloigner, elle ne put réprimer une larme qui coula sur sa joue. Manu l'essuya délicatement du bout des doigts. Ninon attrapa cette main salvatrice, la serra fort dans les siennes et dit :

— Il a l'air tout cassé, il ne dévoile rien sur ce qui l'a détruit, sur ses erreurs du passé.

— Laisse-lui le temps, il doit apprendre à te faire confiance et toi aussi, tu dois avoir confiance en lui pour qu'il chemine. Si tu veux construire quelque chose avec lui, applique-toi à réaliser de bonnes fondations, c'est là-dessus que vous bâtirez ensemble votre relation. Mais maintenant, assez parlé de lui, j'aimerais que tu demeures, au moins ce soir, rien qu'à moi.

— Tu sais, je t'apprécie énormément, mais demain je m'en vais et je ne peux pas te dire quand je reviendrai, je dois régler un tas de choses à Saint-Genis. Toi, tu vas peu à peu m'oublier, tu vas faire fondre une jolie étudiante ou une touriste, un peu trop fan de ta voix ou de tes chansons, et tu m'effaceras de ta mémoire.

— Alors, autant te dire tout de suite, je déteste que l'on décide pour moi de mon avenir. Cette soirée, je la passe avec toi et je me sens bien et j'espère te revoir. Je vais donc tenir ta main dans ma main gauche, saisir un stylo dans ma poche et de ma main droite je vais écrire sur ta paume mon numéro de portable. Tu ne pourras pas dire que tu l'as perdu et quand tu reviendras à Toulouse tu me téléphoneras et je t'attendrai. En espérant ce jour, je chanterai pour toi et chacune de mes ritournelles te sera dédiée… Tu me crois ?

Elle lui sourit, lui embrassa la main qui tenait la sienne et lui demanda de lui prêter son téléphone. Il le lui tendit et elle pianota quelques secondes sur l'écran.

— Eh ben voilà, tu as encore moins d'excuses que moi, mon numéro est enregistré et si tu ne sais plus qui s'appelle Ninon. J'ai précisé la fille de l'Est… C'est mon côté slave.

Ils éclatèrent de rire tous les deux, se levèrent et partirent se promener dans les rues de Toulouse. Leur déambulation nocturne les conduisit sur les rives du canal du Midi. Autour d'eux, il n'y avait que des groupes d'étudiants bruyants et des couples d'amoureux. Est-ce l'ambiance ? Le froid de la nuit qui tombait ? Ou l'envie tout simplement ? Ninon se rapprocha de son chanteur et glissa doucement une main dans la sienne. Ce ne fut d'ailleurs pas chose aisée puisque de son côté le jeune homme marchait les mains dans les poches afin de retenir toute tentation d'étreindre la demoiselle. Il ne voulait rien brusquer, rien précipiter. Si quelque chose devait arriver, ça arriverait. Les filles de l'Est sont obstinées et une poche de jean aussi serrée soit elle ne l'empêcha pas d'entrelacer ses doigts à ceux du garçon. Ils continuèrent ainsi leur promenade. Elle ne s'était pas rendu compte qu'ils avaient réalisé une boucle parfaite et qu'inexorablement ils approchaient de leur point de départ. Sans rien se dire, ils se dirigèrent vers le banc qui les avait fait se rencontrer au petit matin. Ils s'y assirent un instant. Elle, appuyée de tout son poids contre le torse solide de Manu.

— Je me trouve bien avec toi, tu me fais rire, tu as de beaux yeux et je te suppose assez costaud pour protéger ma frêle personne.

— Ça c'est dû à mes séances de musculation quotidienne, la main droite en haut, la main droite en bas, la main droite en haut et simultanément l'annulaire en troisième corde, le majeur sur la deuxième, etc.

En donnant ces explications techniques, il mimait les gestes du guitariste qu'il était. Cette autodérision, dont il savait faire preuve, constituait une facette supplémentaire qui plaisait à Ninon. Contre son gré, mais parce qu'elle le devait, elle regarda l'heure sur son téléphone et se rendit à l'évidence qu'il fallait rentrer à l'hôtel.

— Je dois y aller Manu, tu m'accompagnes ?

Il soupira si fort que même la statue du poète en fut surprise. Il attira Ninon encore plus fort contre lui, elle accompagna le mouvement et il lui dit :

— Viens, on y va, car si l'on hésite, je ne te laisse plus partir.

Ils parcoururent les quelques mètres qui les séparaient de l'hôtel silencieusement. Puis devant la porte d'entrée, elle se détacha de lui et lui demanda :

— Tu viens me dire au revoir demain ?

Il opina de la tête, mais plus aucun son ne voulait sortir d'entre ses lèvres. Elle s'éloigna, franchit la porte vitrée et se retourna pour lui envoyer un dernier baiser. Manu fit mine de l'attraper et de l'enfermer dans son cœur. Chacun s'en retourna, lui, disparut dans la nuit et Ninon dans l'ascenseur. Moins d'une minute plus tard, les portes s'ouvrirent à nouveau et Ninon avança dans un long couloir qui la menait à sa chambre. Elle entra et se précipita à la fenêtre. Elle regarda au pied de l'immeuble puis au loin. Qui cherchait-elle ? Son père ? Manu ? Quelle journée venait-elle de vivre ? Elle voulait rencontrer un homme, elle en a découvert deux. Elle, si seule dans sa vie depuis le décès de sa grand-mère, voyait son cocon familial grandir. Elle jeta ses habits sur le dos d'une chaise, prit une douche rapide, mais tellement agréable puis s'allongea sur son lit.

Elle s'endormit aussitôt, mais bientôt l'image de son père s'imposa à elle. Elle était petite fille et jouait au parc, il l'accompagnait et la poussait sur sa balançoire, elle riait, il souriait. Un peu plus âgée, elle revécut ce jour où elle apprit qu'elle venait d'obtenir son baccalauréat. Il se tenait près d'elle et elle lui sauta dans les bras, il riait. Puis elle se revit, petite fille, le regard sévère, pointer du doigt une porte sur laquelle il était écrit : « prison ». Elle criait à son père en larmes :

— Tu es coupable ! Coupable !

Puis les images se troublèrent, s'effacèrent. Elle sentit alors sur sa joue, une main douce, qui essuyait ses larmes. Elle laissait cette main la caresser, remonter à ses cheveux, s'attarder sur cette satanée mèche qui ne veut pas garder sa place. La main redescendit sur ses joues, son menton, son cou. Elle ouvrit les yeux et vit Manu assis sur le bord de son lit. Sa guitare était posée par terre et lui, plongeait son regard bleu dans celui de Ninon. Sa deuxième main vint à son tour rejoindre la première. Pendant que l'une s'attardait sur son cou, l'autre, du bout des doigts, dessinait ses yeux, son nez, sa bouche. Elle insistait sur chacune de ses lèvres humides et inconsciemment, presque mécaniquement, Ninon les entrouvrit. C'est le moment que choisit Manu pour approcher son visage et pour déposer, sur cette bouche offerte, un baiser léger, un baiser sucré, puis un baiser plus appuyé. Un baiser accepté par la jeune femme, un baiser rendu. Un baiser qui amena leurs langues à s'emmêler. Ninon passa alors ses doigts sur la nuque de l'homme, elle ne voulait pas qu'il puisse s'arrêter, qu'il puisse s'en aller. Pendant qu'il l'embrassait, que leurs langues se cherchaient, les mains de Manu trouvaient leur chemin, la première partait en éclaireur et s'attardait sur la peau douce des seins de Ninon. Manu gagnait chaque parcelle d'épiderme avec précaution, sensuellement. Il tourna avec application autour des aréoles avant d'effleurer chacun des tétons déjà si durs, déjà consentants. La seconde main, un peu à la traîne, vint prendre le relais et la bouche suivit à son tour. Elle parcourut le sillon dessiné entre les deux seins et du bout de la langue, il choisit un téton tout près d'exploser et le titilla et le suça comme il aurait sucé un bonbon acidulé. Ninon respirait de plus en plus fort, de plus en plus vite. Elle savait qu'elle perdait pied, mais elle ne voulait plus que ce plaisir intense ne cesse. Elle sentit encore un doigt qui lui frôla le nombril et la main qui continuait sa descente. Elle se cambra malgré elle et elle l'invitait à aller plus loin, plus bas. Un frisson la parcourut lorsque les doigts de Manu écartèrent, sûrs d'eux-mêmes, sa petite culotte et se glissèrent sur son pubis. Elle avait chaud, mais c'était une bonne chaleur. D'une main nerveuse, elle quitta la nuque de son homme et attrapa l'élastique du triangle de tissu, ultime barrière au plaisir charnel, le repoussa et écarta les cuisses pour s'offrir sans plus aucune pudeur. Quand un premier doigt s'aventura dans ce qu'elle avait de plus intime, elle serra les jambes brusquement, s'assit dans le lit et ouvrit les yeux. Il n'y avait pas de Manu, elle était seule. Ce n'était qu'un rêve, mais cette main… en baissant les yeux, elle se rendit compte que tout le plaisir qu'elle avait ressenti, c'étaient sa propre main, ses propres doigts qui lui avaient procuré. Et pendant qu'elle reprenait pied dans le réel, elle remarqua que ces derniers, perdus dans sa petite culotte, n'avaient pas cessé de la caresser. Alors, elle ferma les yeux, s'allongea confortablement et continua ses va-et-vient jusqu'à n'en plus pouvoir, jusqu'à l'orgasme qu'elle étouffa dans son oreiller. Il fallait qu'elle aille jusqu'au bout, elle n'aurait pas pu se rendormir. Elle se leva, ouvrit sa fenêtre et alluma une cigarette qu'elle fuma à la façon d'une adolescente qui ne voulait pas se faire prendre à l'internat. Elle souriait en pensant à ce qui venait de lui arriver. Elle n'avait que très rarement connu ça. Les rêves érotiques ne hantaient pas souvent ses nuits, ce qu'elle trouva bien dommage tant elle avait apprécié les sensations. Elle se souvint d'une fois où elle avait fantasmé ainsi sur un cousin de Ludivine. Il lui avait volé un baiser dans l'obscurité d'un cinéma, mais cela n'avait rien à voir avec l'expérience de ce soir. Elle repartit se brosser les dents et se recoucha. Elle dormit comme un bébé jusqu'au matin.

De la suite dans les idées

Ninon se réveilla avec le sourire aux lèvres, se rappelant la soirée et la nuit qu'elle venait de passer. Elle emplit sa valise une fois encore, mais elle savait que cette fois-ci, c'était pour de bon. Bientôt, elle prendrait la route pour rejoindre la boulangerie de la rue de l'église. Mais auparavant, il lui restait quelques petites choses dont elle voulait s'assurer. Comme elle se savait prête et qu'elle n'était pas pressée, elle sortit son téléphone et y entra le numéro de Manu au sein de ses contacts. Puis avant de boucler une fois pour toutes ses bagages, elle fut prise d'un doute, et si son père ne venait pas à leur rendez-vous, il ne lui a pas dit où elle pourrait le retrouver. Prendra-t-il peur ? Voudra-t-il la revoir ?

Elle attrapa son sac et sa valise, puis tout aussi fébrile que déterminée, partit sans prendre de petit-déjeuner, son estomac n'aurait pas supporté. Pourquoi cette idée négative lui avait-elle donc traversé l'esprit ? Manu lui avait pourtant dit, il faut apprendre à faire confiance. Elle arriva devant la pension avec quelques minutes d'avance, mais elle n'était pas la première. L'objet de son rêve si troublant l'attendait. En repensant à sa nuit, elle sentit rougir ses joues et ne savait pas si c'était de la honte ou de l'excitation. Surtout, ne pas croiser son regard. Elle lui fit la bise, comme on ferait à un bon copain, après tout c'est ce qu'ils étaient… Quoi d'autre ? Lui, qui devait peut-être attendre autre chose, entama la conversation.

— Ça va, tu as bien dormi ?

— Ça va, tu n'as pas vu Calou, j'ai peur qu'il ne vienne pas.

— Mais si, il viendra, je suis bien venu, moi.

— Tu sais que ce n'est pas pareil, je t'ai un peu expliqué.

Pendant qu'ils parlaient sans se dire des choses vraiment fondamentales, Calou fit son apparition. Il portait les mêmes habits que la veille, à peine plus froissés, et il avait dans une main un sac poubelle noir en guise de valise. Ninon se précipita vers lui, lui fit une bise claquante qui déclencha un sourire non feint sur le visage de l'arrivant.

— Viens avec moi, on va à la réception.

À l'accueil de la pension, l'homme qui avait donné de précieux renseignements à Ninon pour qu'elle puisse retrouver son père souriait. Il semblait heureux de revoir Calou et cette joie qu'on lisait sur son visage ne paraissait pas artificielle. Ninon prit la parole :

— Voilà, je dois partir une petite semaine, mais je veux m'assurer que durant mon absence, vous hébergerez mon papa. Je vais donc vous régler d'avance. Cela vous convient-il ?

— Je n'y vois pas d'inconvénient, répondit l'homme et se tournant vers Calou, tu as une fille formidable.

— Je crois bien que oui, dommage que l'on ne se soit pas connu plus tôt… Ninon, je ne peux pas accepter ça, ce n'est pas à toi de payer pour moi.

— Eh ben, dis-toi que c'est un prêt et que tu me rembourseras quand tu pourras… Moi, je pense que tu pourras bientôt… Bon pour l'heure, il me faut partir, tu t'installes bien, tu poses tes affaires, je reviens très vite.

Elle ne laissa pas répondre son père retrouvé et plus du tout habitué à admettre les ordres d'une femme qui s'intéresse à lui. Elle remplit un chèque pour le réceptionniste, embrassa Calou encore sans voix et se dirigea vers la porte. En sortant, elle vit Manu qui l'attendait sagement sur le trottoir. Elle lui sourit, lui demanda s'il voulait bien l'accompagner jusqu'à sa voiture. Celui-ci accepta, il posa la valise de Ninon sur son ampli et tous deux se dirigèrent côte à côte puis main dans la main vers le parking. Ils trouvèrent certainement que celui-ci se situait trop près ou arrivait trop vite pour leur permettre de profiter de l'instant. Alors, Manu chargea la valise dans le coffre. Ils se dirent à voix basse en se serrant dans les bras l'un de l'autre qu'ils n'oublieraient pas la soirée de la veille, ils s'attendraient et ils se téléphoneraient. Ils enchaînèrent par de gros bisous dans le cou et sur les joues. Ninon se mit au volant, ferma sa portière, tourna la clé. Le moteur démarra immédiatement alors que la jeune femme baissa sa vitre pour faire un dernier signe. Manu profita de l'instant pour plonger sa tête dans l'habitacle du petit véhicule et voler à Ninon le plus tendre des baisers… Quand leurs bouches se séparèrent, Ninon garda encore un peu les yeux fermés et les ouvrit doucement. Manu recula à contrecœur et elle murmura :

— Je t'appelle !

Elle lâcha l'embrayage et appuya sur l'accélérateur. Au bout de la rue, la voiture disparut dans un crissement de pneus tout à fait involontaire. Sur la route qui l'emmenait à Saint-Genis, Ninon se surprit à plusieurs reprises à parler à haute voix. Elle élaborait un stratagème qui pourrait lui permettre de ramener son père dans la petite boulangerie située dans la rue de l'église de Saint-Genis. Cela lui remettrait un pied à l'étrier, pour qu'à nouveau, il puisse se sentir utile et reprendre sa place dans la société. Ses pensées allaient aussi vers

Manu, l'attendrait-il, comme il lui a dit ou n'était-ce que des paroles en l'air ? Puis soudain, alors qu'elle ne songeait plus aux hommes de sa vie, le visage de Ludivine s'imposa à elle. Il fallait qu'elle sache Lulu. Ninon s'arrêta donc sur la première aire qu'elle trouva sur ce tronçon d'autoroute, dès que la voiture fut immobilisée, elle prit son téléphone et appela son amie.

— Allo, Lulu… Bisous, ma belle, ça va ?

— C'est à toi qu'il faut poser cette question, moi je me trouve chez toi, j'arrose tes petites plantes.

— Tu es assise Lulu, j'ai rencontré quelqu'un.

— Non, pour arroser, ce n'est pas top… Ben oui, tu as rencontré ton papa, tu me l'as déjà dit, ça s'est bien passé ?

— Je t'explique après, non, j'ai trouvé quelqu'un d'autre, je crois que je suis en train de tomber amoureuse…

— Quoi ? Raconte ma puce, c'est qui, il est comment ?

— Il s'appelle Manu, il est étudiant à Toulouse en dernière année. Il chante, il joue super bien de la guitare. Il me fait rire et il est beau, il a des yeux…

— C'est une bonne chose, sinon il serait aveugle… Qu'est-ce qu'ils ont ses yeux ? Et sa peau, elle est douce, elle sent bon ? Il est grand ?

— Il a les yeux d'un bleu, je ne savais pas que ça pouvait exister, un bleu comme ça, sa peau est très douce et j'aime son odeur. Il n'est pas très grand, mais juste bien pour moi. Je peux poser ma tête sur son épaule…

— Alors là, si tu poses ta tête sur son épaule, c'est du sérieux.

— Ce matin, il m'a embrassé… Je crois que je vais vite le revoir…

— Je n'en reviens pas, pour une fois que je te laisse partir toute seule… Tu ne m'oublieras pas, tu penseras encore un peu à ta Lulu sinon je vais déprimer moi… Je suis heureuse pour toi, ma puce, tu le mérites de tomber amoureuse… Et avec ton père ?

— Le point positif, c'est qu'il veuille bien me voir et me parler, mais il ne se livre pas… J'ai du mal à l'imaginer en truand, mais bon, je ne le connais pas beaucoup encore. Je voudrais le faire venir sur Saint-Genis pour passer la fin de mes vacances avec lui et qu'on apprenne à se côtoyer. Je ne sais pas s'il acceptera, il me semble un peu sauvage.

— Je te fais confiance, tu vas y arriver. Portée par l'amour, rien ne va te résister…

— Arrête, tu te moques… Là, je rentre sur Saint-Genis, j'essaie d'organiser quelque chose et je te tiens au courant. Bisous Lulu.

— Bisous ma puce et ne rêve pas trop à Manu…

Cette dernière remarque fit remonter quelques souvenirs dans la tête de Ninon et un peu de rouge sur ses joues… Elle raccrocha, chassa ces idées de son esprit et reprit sa route. Après cette pause téléphonique, le chemin lui parut très court. Elle arriva rapidement à destination. Avant de sortir la valise de sa voiture, elle se rendit à la boulangerie.

— Bonjour, je suis de retour. J'ai envie de te faire la bise Mo, je peux ?

— Tu as l'air heureuse, jeune fille, ça s'est bien passé, tu l'as retrouvé ?

— Oui, j'aimerais bien tout te raconter. Vers quelle heure finis-tu ta journée ?

— Vers 18 h 30, je peux m'éclipser.

— Alors je t'attends chez moi, on boira l'apéritif entre filles. À moins que ton époux veuille venir avec toi, il peut.

— Non, entre filles, ce sera plus sympa. De toute façon, à cette heure-là, il nettoie ses outils de travail pour être d'attaque demain matin.

Ninon acheta une baguette et partit. Elle aperçut Claudine, à sa fenêtre, elle lui envoya un baiser et la vieille femme le lui rendit. Au passage, elle prit sa valise et rentra chez elle. Il lui fallait peaufiner son plan. Elle s'assura de la présence de glaçons dans le compartiment « grand froid » de son réfrigérateur. Elle vérifia encore qu'il lui restait bien quelques amuse-gueules pour accompagner le Martini qu'elle avait décidé de servir à sa nouvelle amie, la femme du boulanger.

La fin de la journée fut partagée entre grignotage, lecture, cigarette et réflexion. Son plan lui paraissait simple, limpide. Elle voulait que son père retrouve une place de boulanger à Saint-Genis des Fontaines et qu'il puisse habiter dans ce logement habituellement libre. Elle ne savait pas si Calou avait la même ambition, cependant, elle prenait les choses en main et il ne pourrait pas refuser. Un père ne peut rien refuser à sa fille, c'est bien connu. Si leur relation ne faisait que balbutier, elle savait déjà qu'elle exerçait une influence sur cet homme. Sans cela, il n'aurait pas accepté qu'elle lui paie une semaine de pension, sa fierté masculine s'y serait opposée. Ce qui la gênait le plus dans son plan, c'est qu'elle allait utiliser une amitié naissante avec Mo, pour arriver à ses fins. Elle pensait qu'en persuadant la boulangère de redonner sa chance à Calou, il serait facile à celle-ci de motiver son mari pour qu'il aille dans le même sens. L'heure d'avancer ses pions approchait et à l'heure dite, on frappa à sa porte. C'était bien son invitée qui lui apportait un petit sachet de gourmandises.

— Je n'ai pas eu le temps d'aller t'acheter un bouquet de fleurs alors j'ai pensé que ces douceurs te feraient plaisir… Il y a un petit mix de viennoiseries, tu verras.

— C'est super gentil, mais il ne fallait rien apporter. Viens… Entre… Installe-toi. Ça te va un Martini ? Je n'ai que ça en boisson alcoolisée. Quand je suis seule, je n'en consomme pas et ces derniers jours je n'ai pas trop eu le temps de faire des courses.

— Ce sera très bien, tu ne m'en sers qu'un tout petit peu, je ne supporte pas l'alcool… Je voulais juste passer un moment avec toi. Et que tu me racontes ta rencontre avec Calou.

Ninon servit deux verres, plaça quelques cacahuètes dans une soucoupe et s'installa tout près de son invitée pour pouvoir lui parler tout bas, comme on s'y prendrait pour murmurer à une confidente.

— Tu sais, la rencontre ne fut pas évidente, j'ai très vite trouvé sa trace en faisant le tour de quelques boulangeries et j'ai pu parler avec un patron qui l'avait embauché. L'homme l'avait beaucoup apprécié, professionnellement, il ne pouvait rien lui reprocher, bien au contraire, il m'a même dit que mon père lui avait donné des tas de conseils qui lui avaient permis de progresser. Lui, le patron a appris grâce à Calou, c'est dingue, il doit vraiment assurer comme boulanger.

En disant ces mots, Ninon insistait, elle savait qu'elle brodait un peu et qu'elle enjolivait les choses, mais cela faisait déjà partie de son plan. Il fallait qu'elle donne envie à Mo. Elle en ajouta encore un peu.

— L'homme qui m'a parlé m'a même dit qu'il lui arrivait de laisser mon père seul responsable de la boulangerie et qu'il n'a jamais été déçu.

— Hé bé, pourquoi ne l'a-t-il pas gardé ? Parce qu'il ne travaillait plus là, Calou, c'est bien ton propos ?

Posant sa main sur l'avant-bras de son interlocutrice, Ninon continua.

— C'est bien là le problème. Tous les deux, ils se sont embrouillés, pour un truc bête, rien d'important, mais mon père n'a pas accepté d'être mis en cause, il n'a pas supporté l'injustice, même infime dont il était victime. Son patron a pourtant reconnu sa maladresse, mais il n'y a rien eu à faire. C'est dommage, c'est son unique erreur à mon père. Depuis, il n'a pas retrouvé de travail sérieux, juste des contrats de quelques jours ne lui permettant pas de garder un logement définitif. Sa vie est donc un peu compliquée en ce moment et je trouve ça tellement dommage, un talent gâché… Serrant subtilement le poignet de Mo, chez vous aussi, il avait fait du bon boulot ?

— C'est sûr, mais tu sais, il n'a travaillé qu'une semaine chez nous…

— Justement, serrant plus fort encore le poignet, je me demandais si vous n'accepteriez pas de lui redonner une chance.

— Ouille ! C'est que maintenant, on a recruté un apprenti donc…

— Ce serait super, il pourrait le former, regarde, s'il a pu conseiller son ancien patron alors… En plus, ça dégagerait du temps à ton mari, qui pourrait faire des tournées dans les villages alentour. Comme ils seront deux boulangers, ils pourraient préparer plus de pains, ça pourrait développer votre activité.

— Ce n'est pas idiot comme idée, mais il faudrait que j'en parle à mon époux, ce n'était pas prévu tout ça. C'est un changement, pour les tournées, on aurait besoin d'un véhicule… Il faut qu'on réfléchisse…

— Alors là, je te fais confiance, ne me dis pas que ton mari ne suit pas tes propositions… En plus, je parie que c'est toi qui gères la partie administrative non ?

— Oui, mais les comptes, ce n'est pas simple, il faudrait sortir un nouveau salaire…

— J'aurais bien une idée, tu me permets, je t'explique. Même si je ne le connais pas beaucoup, je sais qu'un petit salaire suffirait à mon père. Un revenu modique, mais régulier lui permettrait de se loger. Je pense d'ailleurs que si, par exemple, vous pouviez l'héberger gratuitement ici, dans cet appartement, vous pourriez encore diminuer un peu sa paie. Ce qu'il veut, c'est reprendre un rythme de vie, avoir un toit, un peu d'argent pour s'offrir un extra de temps en temps.

— Toi, demoiselle, tu as pensé à tout, tu m'as eu… Mais tu sais, je ne décide pas toute seule… Et si l'on met tout ça en place, il ne faudra pas qu'il nous lâche pour un état d'âme, tu me comprends.

— Je te promets, il sera irréprochable et j'y veillerai. Je demeure persuadée que c'est la vie qu'il lui faut. Mais je vais te paraître lourde, mais je repars à Toulouse le week-end prochain et je voudrais bien le ramener et profiter de la fin de mon séjour avec lui… Tu pourras me dire assez vite si ça marche…

— Tu me mets dans une sacrée situation. Bon, ce soir mon mari est éreinté, ce ne serait pas le meilleur moment, je lui en parlerai demain et je te tiendrai au courant… Je ne dis pas oui, je ne dis pas non, ça peut se tenter…

Comme pour lui donner du courage, Ninon resservit un Martini à sa voisine du rez-de-chaussée et s'en versa un également pour l'accompagner puis s'alluma une cigarette. La suite de la conversation dévia un peu sur le beau Manu et depuis la rue, les passants éventuels pouvaient entendre les rires complices des deux jeunes femmes. L'heure du départ de Mo les rattrapa, elles se levèrent et se prirent dans les bras, comme pour sceller un pacte. En refermant la porte derrière elle, Ninon souffla à la boulangère, comme si tout était déjà réglé.

— Merci !

Pour Ninon, la journée se termina dans un état de semi-euphorie. Son monde s'enrichissait de nouveaux visages : un père, dont la destinée était sur le point de prendre un tournant magistral, un amoureux qui pensait peut-être à elle à cet instant précis et une amie boulangère. Cette dernière pourrait bientôt jouer un rôle important dans sa vie. Son existence lui paraissait de plus en plus belle et sereine. Le Martini jouait peut-être un rôle prépondérant à cet état d'esprit. Après une dernière blonde, un passage par la salle de bain, elle se coucha et s'endormit avec un sourire sur les lèvres. Il devait faire bon dans sa tête.

L'heure des décisions

Au petit matin, Ninon se leva, prépara son petit-déjeuner et dégusta les bonnes viennoiseries que Mo lui avait apportées la veille. Tout en croquant dans un savoureux croissant, elle se demanda un instant si ses arguments avaient porté leurs fruits et s'ils avaient pu faire mouche sur la boulangère et son mari. Il lui fallait patienter, la réponse ne tarderait pas, peut-être aujourd'hui ou alors demain. Pour l'instant, elle se dit qu'elle irait bien faire un petit tour vers Claudine, par simple politesse d'abord et peut-être par curiosité aussi. Il est possible qu'elle puisse encore lui apprendre des choses, elle ne lui a certainement pas tout révélé la dernière fois. Elle se dit qu'elle devait aussi aller en courses. Si elle avait la chance de faire revenir son père à Saint-Genis, elle devait remplir le réfrigérateur et le garde-manger. Voilà donc une journée qui sera bien occupée et ce soir, elle téléphonera à Manu, il ne faudrait pas qu'il pense s'être débarrassé d'elle. Il a allumé la mèche, à elle, de s'assurer que la flamme ne s'éteigne pas. Elle voudrait tellement avoir de bonnes nouvelles à lui annoncer. Posant machinalement les yeux sur un calendrier accroché au mur, elle ne put s'empêcher de calculer à haute voix.

— Nous sommes jeudi, si je reçois la réponse pour papa aujourd'hui ou demain, je pourrais repartir pour Toulouse samedi. Je passe la soirée là-bas avec Manu, dimanche, je ramène Calou, il commence à travailler lundi. Il me restera alors une petite semaine pour apprendre à le connaître et pour crever l'abcès. Il faudra bien qu'il me parle, qu'il me raconte.

Après toutes ces considérations, il était temps de faire sa toilette et de s'habiller. Toute fraîche et pimpante, Ninon sortit de chez elle, dévala l'escalier en courant et traversa la rue. Elle ne tourna pas la tête vers la boulangerie, elle avait peur de ne pas obtenir la réponse tant espérée, elle fixa donc son regard sur l'entrée de l'immeuble de Claudine. Elle en poussa la porte, s'y engouffra, monta les marches quatre à quatre, et face à l'appartement fermé, elle se demanda comment elle allait pouvoir aborder la vieille dame. Elle décida d'y aller au talent et frappa.

— Voilà, voilà, j'arrive, c'est qui ?

La porte s'ouvrit.

— Oh, c'est Ninon, ça va la pitchoune, tu viens me voir.

— Bonjour, Claudine, je vous embrasse… Dites, je pars faire des courses, je suis venu voir si vous avez besoin de quelque chose, autant profiter de mon voyage.

Ninon s'enorgueillit de l'excuse qu'elle avait instantanément trouvée lorsque Claudine a ouvert la porte.

— Oh ! C'est gentil, de penser à moi, mais mon fils est déjà passé et il a pris ma liste de courses. Je ne vais pas t'embêter.

— Ah, vous avez un fils, vous ne me l'aviez pas dit, vous êtes une cachottière Claudine. Vous aviez peur que je vous le prenne, non.

— Ma pauvre chérie, il est bien trop vieux pour toi, il a l'âge de ton père, mon Laurent, ils étaient liés d'amitié avant.

— Ah oui, ils ne se côtoient plus aujourd'hui ? C'est dommage, ils n'ont pas cherché à se revoir ?

— C'est compliqué, il y a eu la prison, le décès de ta maman, l'éloignement… La vie est ainsi faite. Mais il faut laisser le passé au passé, vivre au présent.

— Claudine, vous savez, j'en ai besoin du passé moi, c'est ce qui me permettra de comprendre vraiment mes origines et de construire mon présent. Toutes mes certitudes de petite fille ont volé en éclat quand vous m'avez fait des révélations sur ma famille. Aujourd'hui, je découvre un père bien vivant, je le croyais mort et je sais que je suis née ici. C'est un peu maigre comme informations pour bâtir ma vie sur des fondations solides.

— Tu sais aussi que tu as eu des grands-parents aimants qui se sont constamment bien occupés de toi. Ils n'ont peut-être pas toujours bien fait, mais ils voulaient te protéger. Moi, je t'ai dit ce que je savais, c'était sûrement trop. Je ne peux plus rien t'apprendre.

Claudine a ensuite détourné la conversation en posant à Ninon des tas de questions sur son séjour toulousain. Cette dernière y répondit, mais sans entrer dans les détails, elle était frustrée de ne pas en avoir appris un peu plus de la Saint-Génisienne. Elle prit donc congé de la vieille femme puis quitta l'immeuble. Alors qu'elle allait entrer dans sa petite voiture de location, la boulangère sortit sur le trottoir et lui fit signe de s'approcher. Ninon savait de quoi elle allait lui parler, ses jambes tremblaient sous son corps. Elle pensait que tout le monde devait le remarquer, ce qui l'embêtait profondément, elle n'avait pas pour habitude de montrer ses faiblesses ou ses émotions.

— Salut, ma belle, tu as bien dormi. Moi, le Martini, il m'a tapé la tête… Mon Bastien, il m'a dit que j'avais ronflé toute la nuit… Ce n'est pas moi, ça, c'est l'alcool…

— Bastien ?

— Mon mari, tu ne savais pas qu'il s'appelait Bastien ? C'est vrai, je ne te l'ai pas dit. J'ai discuté avec lui de ton idée, bé, il ne l'a pas rejetée.

— Alors, c'est oui ?

— Bé, il n'a pas dit oui non plus, il veut réfléchir... Mais je le connais, mon Bastien, ce n'est pas un grand penseur, il va vite avoir mal à la tête et il va me laisser statuer. Si je décide, tu sais que ce sera oui, parce que nous sommes devenues amies... Hein, nous sommes des amies ?

— Bien sûr que nous sommes des amies. Ninon sauta au cou de Mo.

— Tu ne t'emballes pas, tu ne répètes rien à ton père avant que ce soit sûr, si jamais Bastien venait à me surprendre et à décider tout seul...

— Promis, je ne dirai rien à personne, vous êtes des amours, surtout toi...

Ninon affichait un grand sourire en montant dans sa voiture. Elle démarra en assénant à la fois un coup de klaxon et d'accélérateur. Ceci a eu pour effet d'envoyer voler une nuée de petits graviers qui cingla les jambes de la pauvre boulangère. Elle n'avait pas eu le temps de se mettre à l'abri. Ceci fit même venir Claudine à sa fenêtre. Le temps qu'elle se penche pour voir ce qui se passait dans la rue, la petite voiture avait disparu.

Comme la matinée touchait déjà à sa fin, Ninon se dit qu'elle mangerait sur place un truc rapide. Elle profiterait ainsi de tout l'après-midi pour dévaliser les rayons du supermarché. Elle n'a jamais apprécié les chaînes de restauration. Pourtant, elle appartient à la génération

« malbouffe » et vit avec son temps, mais elle a toujours préféré se confectionner quelque bon petit plat. Pour une fois, son organisme s'en accommodera. Hamburger et frites constitueront son menu du jour, le tout noyé par un soda bien sucré. Certes, elle aurait pu prendre de l'eau, mais quand on dérape, autant y aller à fond. Les effets néfastes et les remords apparaîtront semblables. Après que ses taux de graisse et de sucre dans le sang eurent fait un bond, elle s'engagea dans les allées du supermarché. Il y avait un petit rayon lecture, écriture, sur sa droite en entrant. Elle n'avait besoin de rien, elle ne trouvait déjà pas le temps de feuilleter le roman qui avait fait le voyage dans son sac à main ouvert. Néanmoins, elle acheta quelques cartes postales qui attendaient le touriste sur leur présentoir. Au rayon suivant, elle s'attarda sur quelques sous-vêtements, elle se surprit à se demander s'ils plairaient à Manu alors qu'habituellement, elle voulait plutôt savoir si elle se sentirait bien dedans. Un tel changement dans ses pulsions d'achat, lui fit peur et finalement l'empêcha de se laisser tenter. Elle poussa alors son caddy jusqu'aux produits de beauté et d'hygiène. Là, elle se lâcha un peu et constitua un assortiment de tous les baumes susceptibles de la faire briller aux yeux d'autrui. Rayon beaucoup moins glamour, elle passa aux produits ménagers et chargea le caddy d'essuie-tout, de papier toilette triple épaisseur, elle a toujours considéré que c'était le meilleur, de lessive et de liquide vaisselle. Elle se posait beaucoup de questions devant chaque étal. Quels étaient les goûts de ce père qu'elle ne connaissait pas ? Consommait-il de l'alcool, du vin, de la bière, les deux ? Mettait-il du lait dans son arabica le matin et d'ailleurs, buvait-il du thé ou du café ? Elle se rendait compte qu'elle devait tant apprendre de lui… Elle avait tellement peur d'oublier quelque chose de fondamental qu'elle prit de tout. Du vin et de la bière, du thé et du café, des pâtes et du riz, de la viande et du poisson, du beurre et de la margarine tombaient dans le caddy qui se remplissait à une vitesse exponentielle. Si elle prenait au départ, le temps de se questionner, ne formulant aucune réponse, elle finit par seulement charger son chariot. Il devint de plus en plus difficile à pousser et à diriger. Elle parvint néanmoins à la dernière étape avant la sortie et se rendit compte alors des quantités incroyables de denrées qu'elle avait entassées. C'est au moins une demi-heure qui s'écoula durant son passage en caisse. Ninon aurait certainement eu le temps de faire connaissance avec la caissière si cette dernière avait été moins appliquée dans son travail. Elle aurait pu savoir son âge, celui de ses enfants et la couleur de ses chaussettes, si elle en portait. Mais rien de cela. La caissière resta professionnelle, souriante, mais silencieuse et annonça une somme exorbitante, mais tout à fait en adéquation avec le volume de courses, à la jeune femme dépitée. Ninon paya et repartit vers sa voiture.

C'est à ce moment précis qu'elle se rappela qu'elle conduisait une petite auto et qu'arrivée à la maison, il y avait ce satané escalier étroit. Elle réussit cependant à garder son calme et à agir méthodiquement. Elle put tout caser dans la voiture. Elle fit preuve d'un peu d'astuce et occupa tous les espaces disponibles. Elle remercia mentalement Ludivine de lui avoir appris à charger une voiture. Sur la route qui la ramenait à Saint-Genis des Fontaines, elle préféra perdre ses pensées dans les chansons que lui distillait son autoradio, sans avoir fait le choix d'une quelconque station. Elle se sentait très bien en auditrice passive. Juste attentive aux aléas du trajet. Lorsqu'elle arriva dans sa rue, la dure réalité se rappela à elle. Il lui fallait d'abord se garer le moins loin possible… Et décharger… Bien fermer la voiture entre chaque voyage, il faut agir avec prudence et monter toutes les courses.

Au premier trajet, se rendre compte qu'elle a oublié les clés de l'appartement dans l'auto. Poser les premiers sacs devant la porte. Redescendre pour prendre les clés et deux nouveaux cabas et remonter. Ouvrir la porte et en entrant s'empêtrer les pieds dans les sacs posés à terre. Pester, hurler de gros mots, se relever et repartir pour un ultime voyage, une dernière montée. Enfin se laisser tomber sur une chaise, prendre un verre d'eau, s'allumer une blonde et se dire que maintenant, il ne lui restait qu'à ranger les provisions. Ce genre d'après-midi pourrait lui faire regretter les vacances « all inclusive » qu'elle s'offrait habituellement. Mais elle savait que c'était pour la bonne cause et que dans quelques heures, quand elle aura Manu au téléphone, tout serait oublié. Une fois son mégot écrasé, elle se rua sur les sacs éparpillés autour de la table. Finalement, elle s'étonna de la vitesse à laquelle tout disparut dans les placards et le réfrigérateur, dans les toilettes ou la salle de bain. Il ne restait plus, sur la table, que trois cartes postales qui ne connaissaient pas encore leurs destinataires… Elle ouvrit en grand la baie vitrée donnant sur le balcon, histoire de renouveler l'air de l'appartement et de profiter des bruits de la rue. Le transat semblait l'appeler.

— Viens Ninon, viens t'allonger, ne résiste pas Ninon, repose-toi…

Elle ne se fit pas prier et se lova dans la chaise comme on aime se lover quand on est bien fatigué. Elle profita de l'instant pour fermer les yeux et se caresser doucement sous la plante des pieds. C'était bon, ç'aurait pu se révéler meilleur encore si le massage avait été prodigué par un beau Toulousain élevé à la moutarde dijonnaise, mais on fait avec ce que l'on a. Pour l'instant, Ninon n'a pas de masseur à portée de main. Elle sentait le bienfait de l'action initiée sur ses pieds et du soleil de fin d'après-midi sur sa peau. Cet instant de bien-être aurait pu s'éterniser, mais par définition, un instant ne dure qu'un… instant. À nouveau, elle entendit…

— Ninon, viens Ninon, tu es revenue Ninon ? Tu m'entends ?

Ce n'était plus le transat qui l'invitait, elle savait bien que les chaises ne parlaient pas, même si elles s'avéraient longues et confortables. Non, les appels venaient de la rue, cette fois-ci. Elle se leva, se pencha par-dessus la rambarde du balcon et vit Mo, les deux pouces en l'air qui lui criait :

— C'est bon, c'est gagné, il commence lundi s'il en a envie. Bastien a peut-être trouvé un utilitaire, il négocie le prix et essaie de voir comment l'aménager pour les tournées. Tu as eu une idée géniale.

Ninon sautait comme une petite fille qui viendrait de découvrir son cadeau de Noël. Tous ses espoirs se concrétisaient…

— Merci, merci et encore merci, lança-t-elle à la boulangère, vous ne le regretterez pas.

De retour à l'intérieur de la pièce principale, elle se mit inconsciemment à tourner autour de la table. Chaque tour soulevait une nouvelle question. Comment l'annoncer à son père ? Comment allait-il réagir ? Comment l'obliger à revenir avec elle ? Comment ? Comment ? Comment ? Elle s'arrêta net dans ses circonvolutions cérébrales et prit la sage décision d'aller sous la douche. C'est un stratagème qui a déjà fait ses preuves sur la jeune femme. Les gouttes d'eau sur son corps produisent habituellement un effet apaisant quand elle est trop stressée, et bien souvent, à la sortie de la douche, les solutions émergent. Dès lors que cette option fut validée, elle fila, tout habillée dans sa chambre, et réapparut quelques minutes après, enroulée dans une serviette de bain. Fonça droit dans la salle d'eau, laissa tomber son paréo improvisé à ses pieds et pénétra dans la cabine de douche.

Elle se saisit du pommeau et régla la température pour que celle-ci lui semblât idéale, ni trop chaude, ni trop froide, mais d'une tiédeur relaxante. Après avoir bien insisté sur son visage, elle dirigea le jet sur chaque parcelle de sa peau. Elle se détendait, elle se sentait bien. Elle posa le pommeau, se savonna délicatement puis entama un rinçage prolongé. Elle ne voulait plus quitter cette cabine de verre. C'était son cocon et dedans, elle se métamorphosait, toutes les tensions disparaissaient les unes après les autres, plus une question sans réponse, tout devenait évident. Elle connaissait son souhait le plus cher et elle savait qu'elle le réaliserait. Le cumulus de l'appartement ne constituant pas un puits sans fond, l'eau chaude se fit de plus en plus rare. La douche, devenue froide, poussa Ninon à sortir, se sécher et enfiler une chemise de nuit sur laquelle était imprimée une petite fille serrant fort son doudou, le dessin étant accompagné de ces mots : I need you… Tout un programme, un message, un appel… Dehors, la nuit était tombée, elle devait absolument passer un coup de fil important… Après le repas qu'elle avait avalé à toute vitesse, elle saisit son portable. Fébrilement, elle sélectionna son contact et mit l'appareil à son oreille… Une sonnerie, deux, trois…

— Allo, si vous êtes Ninon et voulez parler à Manu, chanteur des rues, tapez un… Si vous avez effectué un faux numéro, tapez deux et raccrochez.

— Non, mais ça ne va pas, tu ne pourrais pas faire preuve d'un peu de maturité de temps en temps ?

— Mais je ne peux pas faire mieux. Je ne veux parler qu'à toi et en plus, ça tombait bien, ton numéro s'est affiché donc je savais que c'était toi. Tu vas bien ? Tu sais que tu m'as horriblement manqué.

— Je n'ai pas pu te manquer tant que ça, on n'a passé qu'une soirée ensemble, avant, on ne se connaissait pas.

— Ben justement, une seule, ce n'est pas assez, tu reviens quand ?

— J'aurais bien voulu me taire, mais je ne peux pas garder ça pour moi, peut-être samedi. J'ai trouvé du travail pour mon père, je viens le chercher. Tu l'as vu aujourd'hui ?

— Oui, tu ne l'aurais pas reconnu… Habits propres, rasé de près, souriant… Je crois que ça lui a fait du bien de te rencontrer. Comme à moi.

— Si tu le vois demain, tu ne lui dis rien, je veux le lui annoncer. J'espère qu'il acceptera.

— Alors, je réserve ma soirée de samedi, on la passe ensemble ?

— Bien sûr que tu me réserves ta soirée, à qui d'autre voudrais-tu la réserver ? Il n'y a que moi qui compte.

— En fait, je devais réviser un chapitre sur les molécules chirales, je crois qu'il attendra dimanche pour que je m'attaque à lui.

— C'est ça, il attendra... Moi aussi, j'attends, alors... Je me demandais, tu agis ainsi avec toutes les touristes, plonger dans leurs voitures pour les embrasser.

— Non, seulement avec les plus mignonnes... Que tu es bête, je ne sais pas ce qui m'est passé par la tête, mais je me suis dit que si je ne tentais rien, on ne se reverrait peut-être pas !

— En tout cas, ce qui est sûr c'est que tu m'as donné envie de revenir.

Ils continuèrent ainsi pendant de longues minutes à se raconter leur relation qui débutait et à plaisanter comme des adolescents qu'ils n'étaient pourtant plus. Ninon essaya d'en savoir plus sur les projets professionnels de Manu. Elle comprit que rien n'était arrêté et que le sens du vent aurait une importance capitale. Il ne savait pas encore s'il s'installerait dans sa région natale ou s'il s'implanterait sur Toulouse ou dans tout autre lieu qui lui offrirait des opportunités. Elle se demanda si elle pouvait faire partie de ces opportunités. Enfin, après s'être échangé les bisous d'usage et avoir joué à « tu raccroches, non toi, non toi, non toi... » Ils finirent par raccrocher en même temps.

La nuit de Ninon s'avéra douce et réparatrice. Juste avant de sombrer dans le plus profond des sommeils, elle envisagea de passer la journée du lendemain à la plage. Après deux semaines dans le Sud, elle n'y sera allée que deux fois. Ce n'est pas de cette façon qu'elle préparera son bronzage estival. Elle se dit que cette pause dans ses aventures familiales et sentimentales lui ferait le plus grand bien. Le reste de ses pensées se perdit dans les brumes de son inconscient narcoleptique.

Le lendemain, elle affichait une humeur joyeuse. Comment pouvait-il en être autrement, tous ses désirs devenaient des réalités et la projection de son corps étendu sur le sable au soleil de la plage la comblait de bonheur. Un jour sans contraintes s'offrait à elle et elle comptait bien en profiter. Son programme se résumerait à farniente et shopping si l'envie venait à lui prendre. Elle prépara donc un sac dans lequel elle enfouit serviette de plage, téléphone, roman, porte-monnaie et petit en-cas. Le soleil brillait encore. Il ne lui resta qu'à rejoindre sa voiture et à elle l'air iodé et le doux vent du littoral.

À son arrivée, elle gara la petite italienne sur le même emplacement que la première fois où elle était venue. Elle en déduisit qu'il était peut-être réservé à sa personne et qu'il lui était dédié. C'est certainement ce que son amie Ludivine nommerait de la pensée positive. À peine sortie de la voiture, elle retira ses chaussures, elle prenait plaisir à marcher ainsi pieds nus dans le sable. Choisir un endroit pour poser sa serviette ne fut pas la chose la plus simple, elle était seule, avait trop de place… Que décider ? S'approcher de l'eau, mais pas trop, aller à droite, à gauche ? Ou bien tout droit ? Elle avança dans cette direction, puis, à une quinzaine de mètres du bord, s'arrêta, fit tomber un à un ses vêtements, laissa passer un frisson causé par la caresse du vent sur sa peau surprise. Elle joua un peu avec le souffle marin pour installer sa serviette de la façon la plus satisfaisante. Elle s'assit d'abord avant de s'allonger et de se laisser gagner par la zénitude de l'endroit et du moment.

Elle resta ainsi immobile plusieurs minutes. Peut-être a-t-elle poursuivi sa nuit ? Ni elle ni les mouettes qui l'entouraient ne sauraient le dire. Alors, sans avertissement préalable, comme mue par un levier invisible, elle se redressa, se remit à nouveau assise face à la mer, s'alluma une cigarette et compta machinalement les bateaux qui passaient au large. Elle en recensa neuf, pile le nombre de jours qui lui restaient pour profiter de ses vacances. Elle aurait bien aimé y voir un signe, mais bien que triturant l'équation dans tous les sens, elle ne parvint pas à établir de lien. Elle s'en trouva très désappointée, si déçue, qu'un court instant cette pensée aurait pu lui gâcher une si belle journée. Il lui fallait occuper son esprit différemment pour chasser ce sentiment de désarroi, elle plongea donc ses deux mains dans son sac et en sortit son roman et une pomme. Elle démarra sa lecture, à la ligne où elle en était restée précédemment et croqua à pleines dents dans son fruit juteux. Les mots qui s'enchaînaient réussirent à l'emmener avec eux, à la sortir de sa prise de tête sans fondement.

En levant les yeux entre deux chapitres, elle se rendit compte qu'il y avait de plus en plus de promeneurs sur cette plage, et que le soleil avait déjà parcouru une longue course dans le ciel. Par précaution et parce qu'elle commençait à sentir des fourmis dans les pieds, elle regarda son portable pour y lire l'heure. Personne ne l'attendait, mais on approchait de dix-sept heures, si elle voulait visiter quelques magasins, il fallait opérer un retrait stratégique vers les rues de la ville.

Elle ne distingua que des bibelots dans les premières vitrines, des souvenirs que doivent s'arracher les vacanciers à la belle saison. Elle découvrit ensuite, dans un petit commerce, quelques habits sympathiques : des tee-shirts fantaisie, des jupes colorées pour les dames et des bermudas chatoyants pour les messieurs. Elle s'offrit une jupe longue, mais légère qui ne dégageait que ses chevilles, et elle acheta un bermuda turquoise et un tee-shirt imprimé qui clamait « j'aime les P.O. » Ce sera un cadeau pour son papa. Cela pourrait l'aider à lui faire comprendre que son avenir doit s'écrire à Saint-Genis. Elle retourna à sa voiture satisfaite par ses emplettes, et rentra chez elle.

Dans sa chambre, une fois de plus, elle commença à préparer une petite valise pour le week-end toulousain qu'elle s'était organisé et qui approchait bien vite. Sa nouvelle jupe et les cadeaux pour Calou constituèrent les premières affaires qui trouvèrent place dans son baluchon. Elle y ajouta le strict nécessaire. Alors qu'elle allait s'appliquer à tout fermer, elle ressentit une sorte de vertige associé à une douleur abdominale très violente. Assez pour qu'elle soit obligée de s'asseoir deux minutes sur son lit, à côté du bagage abandonné. Elle se rappela, lorsque le spasme eut totalement disparu, qu'elle n'avait qu'une pomme dans l'estomac et que ce n'était pas suffisant. Elle se rendit donc dans la cuisine et se prépara un bon repas réparateur. Bien rassasiée, avant de laver sa petite vaisselle, elle retourna fermer sa valise et dégager son lit. Celui-ci, ainsi libéré, l'invita à s'allonger le temps de sa digestion. Quand à nouveau, elle se sentit bien, elle retourna laver sa vaisselle et se préparer un petit café qu'elle alla prendre sur son balcon, accompagné d'une cigarette aussi agréable qu'inutile. Elle se dit que c'était sûrement cette inutilité qui en décuplait le plaisir ressenti.

Peu après, il lui parut sage d'aller se coucher, car le lendemain, elle voulait partir tôt, et rejoindre dans la ville rose les hommes de sa vie. Ainsi prévu, ainsi fait. À six heures trente, elle sortait, profitait de l'ouverture anticipée de la boulangerie pour remercier encore une fois la patronne et la prévenir qu'elle partait chercher son employé. Elle acheta par la même occasion un croissant qu'elle aura déjà avalé avant de se glisser derrière son volant. Un tour de clé, l'allumage automatique des feux et le bruit du moteur dans le silence matinal conditionnaient un nouveau départ. Nouveau départ pour la voiture bien sûr, qui reprenait la route, mais nouveau départ pour Ninon qui allait apprendre à vivre avec son père. Et nouveau départ pour Calou qui allait à nouveau mener une vie sociale, exercer un métier et rencontrer des gens qui compteront sur lui.

Pendant le trajet, Ninon mettait en scène tous les scénarii susceptibles d'exister lorsqu'elle aura annoncé la grande nouvelle à son père. Certains lui paraissaient trop simples, trop parfaits, d'autres lui faisaient carrément peur… Elle espérait finalement que tout se déroulerait dans un juste équilibre. D'abord de la surprise, du doute, du refus, de la réflexion puis de l'acceptation. Il fallait qu'il accepte, elle avait donné sa parole à Mo et Bastien. Il acceptera. Na !

Occupée par ses supputations, elle n'a pas vu les kilomètres qui défilaient. Quand elle sortit de l'autoroute, il ne lui restait que quelques minutes pour accéder au parking qu'elle avait découvert quelques jours auparavant à proximité de la gare. Elle s'y rendit directement, sans hésitations aucunes, on aurait pu croire qu'elle vivait à Toulouse depuis toujours. Il était environ neuf heures et deux choix s'offraient à elle. Aller à la pension de Calou et l'affronter tout de suite ou aller surprendre Manu qui ne devait pas l'attendre aussi tôt… Elle opta pour cette solution bien qu'elle doutât qu'il fût déjà en train de chanter à cette heure. Elle se rendit tout de même à la place Wilson, près de la fontaine.

Comme elle s'en doutait, il n'était pas encore arrivé. Comment pouvait-elle s'occuper en l'attendant, s'asseoir, se promener dans les allées, partir à sa rencontre ? Pendant qu'elle s'interrogeait, elle aperçut à une cinquantaine de mètres d'elle, une casquette qu'elle connaissait et surmontée d'un manche de guitare. Il ne pouvait s'agir que de son Manu. Alors, son côté cérébral s'effaça totalement. C'est son instinct animal qui la fit courir au-devant du chanteur. Face à lui, elle sauta à son cou et s'accrocha si fort que la casquette tomba et avant même qu'il puisse prononcer le moindre mot, elle plaqua ses lèvres contre celles du jeune homme. Leur étreinte devint presque indécente lorsque leurs bouches s'entrouvrirent et que leurs langues se retrouvèrent, se reconnurent. Par chance, à cette heure, la foule ne remplit pas encore les allées. Seule une petite fille demanda à sa maman gênée :

— Qu'est-ce qu'ils font, la dame et le monsieur qui chante ?

— Ils s'aiment…

Cette réponse si simple, si belle, les amena à relâcher leur étreinte, à se sourire longtemps sans se quitter des yeux. Le week-end ne pouvait pas mieux commencer pour Ninon, elle se dit que c'était bien pour la suite. Manu n'avait plus envie de chanter, il voulait passer du temps avec sa douce Ninon, mais celle-ci l'encouragea à prendre le micro pour elle. Alors comme il ne souhaitait pas lui déplaire, il lui dédicaça une nouvelle fois tout son récital.

Plus tard dans la matinée, profitant d'une pause de l'artiste, Ninon lui glissa à l'oreille qu'elle devait le laisser pour aller retrouver son père. Ils décidèrent de se rejoindre à midi chez Gina, la reine de la pizza. Elle lui précisa que Calou viendrait certainement avec elle, alors, comme il faisait semblant de faire la moue, elle lui mordilla le lobe de l'oreille, gratuitement, juste pour qu'il se souvienne d'elle. Elle s'éloigna, lui envoya encore un signe de la main et se rendit à la pension de son père. Elle fit un petit crochet pour récupérer dans sa voiture le cadeau qu'elle avait apporté. Devant la pension, elle prit une grande inspiration pour se donner du courage et entra. Il y avait, dans le hall, toujours le même réceptionniste.

— Bonjour, vous vous souvenez de moi ? Calou est là ? Je peux aller le voir ?

— Franchement demoiselle, ça m'embête un peu, vous savez, ici on ne loge pratiquement que des messieurs et une jolie fille comme vous dans nos étages… Vous allez déclencher une émeute. Non je plaisante, mais il est sorti, il est allé s'acheter le journal. Que lui avez-vous fait ? Lui qui ne s'intéressait plus à rien, maintenant, il veut savoir tout ce qui se passe dans le monde.

— Simplement, je me suis penchée sur lui et j'ai le mérite d'exister.

— Regardez, le voilà ! Hé ! Calou, tu reçois de la visite.

— Ce n'est pas vrai Ninon, tu es déjà de retour, tu ne pouvais plus te passer de moi ?

— C'est tout à fait cela, mais j'ai plein de surprises pour toi, on peut aller à la terrasse d'un café, je ne vais pas tout te dire ici dans l'entrée de la pension.

— Viens, on se rend au centre-ville, ce sera plus sympa.

En guise de centre-ville, ils se retrouvèrent sur la terrasse d'un brasseur à la périphérie du square Wilson. En tendant l'oreille, ils pouvaient presque entendre Manu chanter. Ninon commanda un diabolo menthe et Calou arrêta son choix sur un double expresso. Il ne savait pas encore combien la caféine allait se rendre utile dans les minutes qui allaient suivre.

— Alors, ces surprises… Ça fait longtemps que l'on ne m'en a pas offert.

Ninon lui montra tout d'abord le bermuda turquoise sur lequel elle avait craqué. Les yeux ronds sur le visage de son père trahissaient le doute légitime qu'il pouvait avoir sur le choix de la couleur. Il est vrai que depuis leur première rencontre, Ninon n'avait pu le voir qu'en vêtement sombre et ce turquoise éblouissant pouvait susciter chez lui une certaine appréhension. À la suite de cet instant de panique, Calou tenta de justifier sa réaction qui n'était pas passée inaperçue auprès de sa fille.

— Tu sais Ninon, ça fait bien longtemps que je ne montre plus mes jambes. Elles restent bien trop blanches pour être vues et ce n'est pas la partie de mon anatomie dont je suis le plus fier.

— Eh bé, comme ils disent ici, il va falloir que cela change. Maintenant que je t'ai retrouvé, tu vas commencer une nouvelle vie et par nouvelle vie, j'entends de nouveaux habits.

Calou comprit qu'il était inutile de discuter, elle avait pris les affaires en main et elle n'en démordrait pas. Ce trait de caractère lui rappela Angélique, son amour à jamais perdu, exactement le même caractère. Cette ressemblance le fit sourire. Il est bien vrai que les chiens ne font pas des chats, pensa-t-il. Notant que son géniteur avait capitulé sur le bermuda, elle continua sa distribution par le tee-shirt porteur d'un message si plein de sens et de spiritualité. Calou le déchiffra à haute voix :

— « J'aime les P.O. » Il est sympa ce tee-shirt, il est blanc, il est sobre. J'ai juste peur que la phrase qu'il véhicule paraisse un peu mal venue pour me promener dans les rues de Toulouse, on ne se trouve pas dans les P.O. ici.

— Ça tombe bien, tu ne vas pas rester à Toulouse. Demain, je te ramène avec moi à Saint-Genis des Fontaines, c'est bien les Pyrénées-Orientales là-bas, je ne suis pas que nulle en géographie, j'ai quelques connaissances.

La jeune femme s'est sentie piquée par la remarque de son père et avant que la situation ne lui échappe complètement, elle a décidé de jouer la carte de la fille vexée et courroucée. Elle espérait qu'ainsi, il n'oserait pas s'opposer à elle. Lui était resté bloqué sur « je te ramène avec moi… »

— Attends, attends, qu'est-ce que ça veut dire : je te ramène avec moi… Moi, je reste à Toulouse, je n'ai rien à faire à Saint-Genis. Je m'en suis sauvé il y a plusieurs années, ce n'est pas pour y retourner. Quitte à errer, je préfère errer dans une ville que j'ai choisie. Tu ne peux pas gérer mon existence comme bon te semble.

— Alors pour toi, passer tes journées assis sur les bancs d'un square et ne pas savoir où tu vas dormir le soir, c'est une vie, c'est cette image de désœuvré que tu veux laisser. Je pensais que tu avais plus d'ambition.

— Mais de quelle ambition me parles-tu, qu'est-ce que j'ambitionnerais de plus à Saint-Genis, pourquoi serais-je moins désœuvré là-bas ?

— Car je t'ai trouvé un travail et un toit, et aussi parce que ton patron t'attend, tu commences lundi.

— Mais de quoi je me mêle, ce n'est pas possible de s'immiscer sans vergogne dans la vie des gens. C'est quoi ce boulot et qui va payer le loyer du logement, et si je refuse.

— Tu reprends ta place de boulanger chez Mo et Bastien, ils veulent te redonner une chance. Il faudra que tu formes un jeune apprenti puis pour le loyer, ils te laissent l'appartement au-dessus de la boulangerie, tu n'auras qu'à payer les charges, c'est normal ! Puis tu ne peux pas refuser, j'ai donné ma parole.

Calou a eu le temps, pendant les explications de sa fille, de passer par la plupart des couleurs de l'arc-en-ciel. Il se prit alors la tête à deux mains et commença :

— J'ai essayé d'y retourner, j'ai voulu travailler là-bas, je n'ai pas pu. Chaque mur, chaque centimètre carré de cette maison et de ce village me rappelait ta maman, je n'ai pas pu rester, ça n'avait pas d'utilité, à jamais j'y aurais été seul.

— Mais c'est fini, j'existe… Et quand je serai partie, tu sais que ce sera pour mieux revenir… Si tu ne veux pas travailler pour toi, reprends le job pour moi. J'ai besoin d'un père sur lequel je peux compter et j'aimerais tellement goûter ton pain avant de partir, tout le monde m'a dit que c'était le meilleur. Alors, c'est oui ?

Calou secouait sa tête de droite et de gauche sans donner de réponse, il hésitait. Afin d'enlever la décision et s'assurer que ce serait la bonne, Ninon se leva, se pencha vers lui, lui fit un énorme bisou et lâcha dans un souffle :

— Merci !

— Je n'ai donc plus le choix… Je n'ai plus qu'à profiter de mon dernier week-end de liberté.

C'est précisément à ce moment de la conversation que Manu s'est joint à eux.

— Coucou, je ne dérange pas ?

— Non, je crois qu'on s'est dit l'essentiel, hein, papa. Tu es d'accord ? Ah non, juste une chose encore.

Elle prit la main de Manu dans la sienne et à destination de son père, précisa :

— Je te présente à nouveau Manu, c'est mon petit ami, mais je crois que tu le connaissais bien avant moi.

— Et ce n'est pas une surprise, ouf. Bienvenue Manu, dans une drôle de famille en pleine construction.

Dès lors que les choses furent posées, il fut plus facile d'avancer. Tous trois migrèrent vers le restaurant de Gina, partagèrent un bon repas au cours duquel ils réglèrent quelques aspects pratiques pour les jours à venir. La cohabitation père-fille, les priorités dans la salle de bain, la répartition des chambres, l'accueil de Manu à partir de jeudi et jusqu'à la fin des vacances de Ninon. La vie s'organisait à une vitesse vertigineuse. Il ne manquait qu'une chose au bonheur de Ninon. Elle comptait énormément sur le temps qu'elle allait passer avec Calou pour que son père lui parle de ce jour de 1997 qui avait tout cassé, qui avait détruit sa famille. Elle voulait qu'il lui raconte cette erreur qui avait poussé sa mère à commettre l'irréparable. Mais l'heure ne semblait pas encore aux explications. Calou sentit que les amoureux avaient besoin de temps pour eux donc il prétexta des affaires à régler dans la ville avant son départ définitif. Le trio se donna rendez-vous plus tard en fin d'après-midi, près de la fontaine, où Manu voulait donner un dernier récital pour sa belle. Ninon ne lâchait plus la main du jeune homme et quand Calou fut parti, ils échangèrent à nouveau un long baiser. C'est elle qui brisa le silence,

— Nous, qu'est-ce qu'on va devenir dans tout ça ? On se voit jeudi, on passe deux petites journées ensemble, et après ?

— Toi, tu repars dans la froidure de l'Est, moi je reviens ici. Tu reprends ton travail, que je ne connais pas d'ailleurs, et moi je passe mes partiels. Puis, le plus souvent possible, on se téléphone.

— Je ne pense pas que ça me suffise, on se reverra quand ?

— Après mes partiels, je devrais retourner dans ma famille, on n'habitera plus si loin l'un de l'autre, on pourra se retrouver.

— Peut-être ou peut-être pas, je ne veux pas te perdre et pour info, j'écris des articles dans un journal local, mais je ne continuerai pas cela pendant toute ma vie… Je n'ai pas encore trouvé ma voie, mais si elle pouvait me rapprocher de toi, je ne dirais pas non.

— On devrait déjà profiter d'aujourd'hui, comment voudrais-tu passer cette journée ?

— Me promener dans la rue avec toi, t'acheter un truc qui te ferait penser à moi et aller écouter un super chanteur qui se produit à seize heures à côté d'une fontaine. C'est un ami à moi.

— Vendu, let's go !

C'est ainsi que main dans la main, ils se levèrent et explorèrent les rues les plus commerçantes de la ville à la recherche d'un talisman ou de tout autre objet susceptible de symboliser leur amour naissant. Au détour d'une avenue, sur un large trottoir, quelques artisans montraient leur art et vendaient le fruit de leur production. Ninon et Manu les observèrent un instant et s'achetèrent chacun un bracelet en cuir, gravé à son prénom, qu'ils échangèrent immédiatement. Ceci leur plut, mais ne suffit pas, ils cherchaient quelque chose d'encore plus fort à leurs yeux. Chaque détail de chaque vitrine fut observé, analysé, décortiqué. Ils aperçurent enfin sur le comptoir d'un banal bureau de tabac, entre des porte-clés et des écussons en tissu à l'effigie de la ville rose, un petit arbre à bijoux fantaisie. Parmi ces derniers, ils découvrirent deux chaînes en argent. Chacune était ornée d'un pendentif complémentaire de celui de l'autre, qui une fois réunis constituaient un joli cœur incrusté de zirconium, imitation de diamant idéal pour les amoureux fauchés. Ils se passèrent mutuellement la chaîne autour du cou… Eux, qui souhaitaient nager dans le symbole, ils avaient fait les choses en grand.

L'après-midi avançait et ils avaient rendez-vous avec Calou au square. Ce fut donc dans cette direction qu'ils marchèrent à tous petits pas, pour prolonger ce temps, qui leur appartenait et qu'ils ne voulaient ni gâcher ni partager. Bien malgré eux, et aussi lentement que s'effectuât leur promenade, ils arrivèrent à la fontaine. Calou patientait, il les attendait assis sur son banc. Ninon eut l'impression de revivre une scène déjà vue lors de leur première rencontre. Il y avait pourtant une différence fondamentale, Calou souriait et… il portait le tee-shirt qu'elle lui avait offert. Face aux mines réjouies du jeune couple, il s'empressa de préciser :

— Il faut bien que je m'y habitue, je n'ai pas le choix et prenant Ninon dans ses bras, sacrée chipie, sacré petit ange.

Elle se souvint que c'était ainsi qu'il appelait son épouse, ça lui fit tout drôle, mais elle ne s'attarda pas sur cette sensation. Il voulait avant tout lui faire plaisir et elle le comprit bien. Pendant ces embrassades paternelles, Manu s'était installé. Il avait vérifié que sa guitare était bien accordée, alors il plaqua les premiers arpèges de « mon vieux ».

Certes, il savait que ce n'était pas la plus gaie des chansons de son répertoire, mais elle avait l'intérêt d'honorer tous les papas du monde.

— Dans son vieux pardessus râpé…

À la fin du premier vers, avant même d'attendre la rime, Ninon avait déjà posé sa tête sur l'épaule de son père et lui, du bout de ses doigts, il lui caressait la main. En levant un peu les yeux sur le côté, elle aperçut des larmes couler sur les joues burinées de Calou. Elle essuya de sa main restée libre ce débordement lacrymal, tout en douceur, sans dire un mot, en souriant simplement. Tous deux se redressèrent et applaudirent à se faire rougir les paumes à la fin de la chanson, et Ninon qui se sentait si bien, hurla…

— Une autre, une autre…

Cette sincère explosion de joie faisait rire les passants. Manu crut bon de justifier cet engouement presque bestial.

— Excusez-la, c'est ma petite amie et elle n'habite pas ici… Il ne faut pas lui en vouloir, d'où elle vient, il n'y a pas de chanteurs de rues, il fait trop froid. Je vais donc lui dédicacer maintenant une chanson qui va lui rappeler les folles températures de sa région…

Et il commença :

— Cré mouai, cré mouai pas, quek'part en Alaska, y'a un phoque…

— Ouh, ouh, ce n'est pas l'Alaska, chez moi, il fait beau aussi, bon OK c'est rare, mais ce n'est pas l'Alaska.

Le dialogue qui s'instaura ainsi entre l'artiste et sa fiancée attira la foule, Manu ne s'était jamais produit devant un public si réceptif et prêt à participer. Alors, après avoir entonné deux premières chansons, il encouragea les gens à lui proposer des titres et transforma son récital en un concert à la carte qui enthousiasma tout le monde. À la fin de la dernière mélodie, Ninon s'empara de la casquette et passa auprès de l'auditoire en criant :

— À votre bon cœur messieurs-dames, pour que l'artiste puisse venir voir sa jolie fiancée tout là-bas dans le froid. N'hésitez pas à donner beaucoup, en plus du billet de train, il lui faudra une doudoune, un bonnet et des moufles…

Emportés par l'ambiance, tous ont dépensé plus que d'habitude et la casquette parut bientôt trop petite. Manu remercia tout le monde et glissa à l'oreille de Ninon…

— Ce matin, nous nous déclarions petits amis et nous sommes déjà fiancés, notre relation évolue à une vitesse folle.

— Dis donc, toi, il semblerait que ça te dérange.

Assis sur son banc, Calou est hilare, le temps de quelques chansons, il a oublié tous ses soucis et c'était bien. Manu n'avait jamais gagné tant d'argent si facilement, il proposa d'offrir le repas du soir. Il donna donc rendez-vous au père et à la fille sur les rives du canal du Midi, à l'endroit où Ninon et lui s'étaient déjà promenés quelques jours auparavant. Ils s'y retrouvèrent vers dix-neuf heures trente.

Manu avait pensé à tout, il avait prévu une couverture qui leur permit de s'asseoir sur la berge et il proposa un repas chinois qu'il transportait dans un sachet en papier recyclé. Il avoua que c'était son penchant pour l'écologie qui avait guidé son choix. Tous les trois, assis sur le plaid, essayaient d'imaginer l'avenir qui s'ouvrait à eux, ceci, principalement sur le plan professionnel. Calou ne s'avouait pas le moins bavard, il savait qu'il était le premier concerné par une prise de poste en boulangerie. Il ne s'inquiétait pas pour le métier en lui-même, fabriquer du pain, c'était son job. Son plus gros souci pouvait résider dans la gestion des horaires particuliers qu'imposait cette profession. Ninon sut le rassurer puisqu'elle s'était arrangée avec les futurs patrons de son père. Ceux-ci lui avaient promis qu'ils n'hésiteraient pas à le réveiller en fanfare si par hasard, il devait être victime d'une panne d'oreiller.

Concernant les jeunes gens, leurs projections restaient beaucoup plus floues. L'étudiant savait qu'en obtenant son diplôme, il pourrait trouver du travail assez facilement dans la recherche, mais qu'il n'avait encore envisagé aucun point de chute définitif. Quant à Ninon, sa seule certitude, c'est qu'elle ne resterait pas dans son journal, on ne lui faisait pas assez confiance et elle avait l'impression d'y perdre son temps. Lorsque la fin du repas arriva, Calou préféra quitter le jeune couple, il prétexta une fatigue subite et prit congé. Les amoureux restèrent assis sur le plaid et apprirent à se connaître davantage. Ceci se passa tout simplement de façon ludique, comme des enfants qu'ils étaient encore, il n'y a pas si longtemps, ils jouèrent au portrait chinois alors que le soleil se cachait. Ninon commença à poser les questions.

— Si tu étais un animal ?

— Un chat, pour ronronner sur tes genoux.

— Si tu étais un pays ?

— La France, pour pouvoir t'y rencontrer.

— Si tu étais un jeu ?

— Le « ni oui, Ninon ».

— Oh, très spirituel, si tu étais un objet ?

— Ton oreiller pour que tu te reposes toujours sur moi.

— Tu es terrible, pas une seule réponse sérieuse… Je me demande toujours de qui je suis en train de tomber amoureuse.

— Au contraire, je crois que tu sais le principal, je suis fou de toi et je veux exister pour toi. Le fait de penser que tu repars demain, j'enrage, mais j'attendrai jeudi avec une impatience de « ouf »… Allez, c'est à moi. Si tu étais un animal ?

— Une panthère, pour que tu te méfies toujours un peu de moi.

— Si tu étais un pays ?

— Je suis obligée de dire la France, par rapport à ta réponse de tout à l'heure, sinon, on ne se rencontrerait peut-être pas.

— Si tu étais un dessert ?

— Oh ! C'est difficile, ça… Non, je sais, je serais un macaron… Une carapace autour, mais tout tendre à l'intérieur.

— Si tu étais un métier ?

— Ah non, je t'ai déjà dit que je n'avais pas d'idées, tu triches… Je ne joue plus. En plus, il est déjà tard.

Cet échange de questions-réponses, entrecoupé de bisous et de chahuts divers et variés, s'était, en effet, bien prolongé au cœur de la nuit. Pendant qu'ils se levaient, pliaient la couverture, Ninon se crispa, s'immobilisa, la main posée sur sa bouche et des yeux aussi ronds que le reflet de la lune dans le canal. Manu lui lança un regard interrogateur.

— Je n'ai pas réservé de chambre à l'hôtel, j'ai oublié. Toute la journée s'est tellement bien enchaînée que j'ai complètement zappé.

— Tu veux venir chez moi, mais j'habite avec un colocataire un peu lourd qui ne va pas nous lâcher avec des questions bien plus embarrassantes que celles qu'on s'est posées ce soir.

— Non, je ne me sentirais pas à l'aise, je vais aller dormir dans ma voiture, il ne reste que peu de temps avant que le jour ne se lève. Tu m'accompagnes ?

Lorsqu'ils arrivèrent vers la voiture, celle-ci était complètement isolée au milieu du grand parking. Cette vision déclencha un frisson dans le dos de Ninon que manu remarqua. Il lui proposa donc de finir la nuit avec elle dans la petite italienne. Elle ne lui répondit pas, mais lui ouvrit la portière. L'habitacle du véhicule se montrait exigu et interdisait toute velléité de rapprochement entre les jeunes gens. Ils partagèrent néanmoins la couverture de Manu et s'endormirent main dans la main. Après quelques heures, beaucoup trop courtes au goût des jeunes gens, ils furent réveillés par le faisceau lumineux que produisaient les phares d'une énorme balayeuse. Elle leur faisait face en s'approchant de façon menaçante de la petite voiture. Ils furent donc tirés de leur sommeil. Les yeux encore tout collés et les membres engourdis par les positions peu orthodoxes qu'ils avaient dû prendre, ils décidèrent d'aller boire un grand café dans le premier établissement ouvert. C'est ainsi qu'ils entrèrent dans un tout petit café-PMU dans lequel les premiers turfistes venaient déjà valider leur tiercé en échangeant sur les premiers tuyaux tombés. Assis l'un en face de l'autre, Ninon et Manu se regardaient, se souriaient, mais ne se parlaient pas, ils en étaient incapables, tant la fatigue de la nuit se faisait encore sentir. Après une demi-douzaine de bâillements plus ou moins étouffés, Manu proposa à Ninon de rester avec elle jusqu'à son départ, pour ne pas manquer de l'embrasser une dernière fois avant leurs retrouvailles. Ninon attira l'attention de son chéri sur le fait que d'ici là, ils n'auront pas la possibilité de se brosser les dents. Leur baiser ne laissera peut-être pas le souvenir tant espéré dans leurs esprits. Ceci les fit beaucoup rire et ils s'accordèrent sur la réelle sagesse de ne s'octroyer qu'un petit bisou tout doux au bord des lèvres.

Le café se remplissait. Les discussions s'amplifiaient autour d'eux. Lorsqu'un papi leur demanda leur avis sur « papillon des îles » dans la troisième à Longchamp, ils comprirent qu'il leur fallait laisser la place aux habitués du dimanche matin. Ils abandonnèrent donc leur table à ces turfistes qui venaient parier sur le cheval susceptible de changer leur vie. Il en était un autre sur le point de transformer son existence. Il fallait aller le chercher, l'encourager et l'entourer avant qu'il ne revienne sur ses promesses, pris par une panique irraisonnée. Mais non, il les attendait, il avait pesé le pour et le contre Calou. Il savait qu'il faisait peut-être une erreur, mais il avait promis. Il irait donc jusqu'au bout. Manu se saisit d'une partie des bagages de l'homme dont il aimait la fille. Ninon s'accrocha au bras de son père. Tous ensemble, ils retournèrent à la voiture et déposèrent les bagages dans le petit coffre, à côté de la valise de Ninon qui n'avait pas bougé depuis la veille. Elle se demanda un instant pourquoi elle l'avait emmenée avec elle, sans réponse attendue, elle se tourna vers Manu et lui murmura :

— Il faut qu'on y aille. Tu viens jeudi, pas de blagues ? Tu me rediras l'horaire de ton train, je passerai te chercher à Perpignan.

— Bien sûr, je viens jeudi, on s'appelle, je t'aime.

— Moi aussi…

Calou attendait, sagement installé sur le siège de co-pilote, mais trouvant que les adieux s'éternisaient un peu, il donna un petit coup de klaxon et cria :

— Il y a des gens qui exercent un métier, il faut partir…

Les amoureux échangèrent ce dernier bisou promis et Manu regarda une fois encore la petite voiture s'en aller.

Dernière semaine à Saint-Genis

Dans la voiture qui repartait dans les Pyrénées-Orientales, la conversation allait bon train, le sujet privilégié concernait l'enfance et l'adolescence de Ninon, sa vie dans l'Est avec ses grands-parents, ses amis. La jeune femme était agacée de constituer le seul centre d'intérêt, elle aurait voulu que Calou lui parle de 1997, mais jamais il n'y faisait allusion. Ninon jouait le jeu et se racontait pour gagner sa confiance. Elle lui parlait de ses maîtresses, du collège, de Ludivine. Cependant, il semblait clair que plus la voiture s'approchait de sa destination, moins Calou entretenait la conversation. Pour éviter que le silence devienne pesant, Ninon commença à assurer seule les questions et les réponses. L'avantage principal consistait à esquiver une sorte de malaise tout en permettant à Ninon de ne dévoiler que les secrets dont elle avait envie de parler. À quelques kilomètres de Saint-Genis, Calou demanda à sa fille de s'arrêter, il lui avoua qu'il avait besoin de marcher et de respirer le grand air un instant. Elle le laissa s'éloigner un peu puis se rapprocha de lui.

— Tu ne m'offrirais pas une cigarette, Pitchoune, ça me ferait du bien.

— Tu sais que ça ne te fera pas de bien, mais si tu en as envie ou besoin, OK, mais méfie-toi, ce sont des clopes de filles, elles ne te paraîtront pas fortes.

— Merci, j'ai peur Ninon, je ne crois pas que je vais y arriver, cette boulangerie, cette maison, tout ça, c'est ta maman et elle m'y a laissé seul… Alors pourquoi devrais-je me battre, ça n'a plus de sens ?

— Attention, je pourrais me vexer, moi aussi je voudrais qu'elle nous y attende, mais toi et moi, on sait qu'on ne la verra plus jamais. Mais j'existe, on s'est retrouvé. Quoi qu'il se passe, si tu ne veux plus lutter pour toi, résiste pour moi. J'ai besoin de toi, et j'exige de pouvoir compter sur toi, dans n'importe quel coin du monde, je souhaiterais savoir que tu penses à moi, il ne me reste que toi.

— Tu crois vraiment aux propos que tu tiens ?

— À ton avis, j'ai organisé tout ça pour du flan, bien sûr que je le pense et plus encore j'en suis convaincue.

— Alors, on y va ?

— On y va.

Elle ponctua ses propos en posant ses lèvres sur la joue de son père. À peine quelques minutes se sont écoulées lorsque la voiture se gara rue de l'Église, devant la boulangerie. Le moteur n'était pas encore éteint que déjà Mo sortait.

— Calou ! Te revoilà, ça va, tu es tout beau, un peu maigre peut-être, mais Ninon va arranger ça, je prendrai le relais quand elle sera partie. Je ne te fais pas visiter, tu connais !

Calou était embarrassé, il ne savait pas quoi répondre alors, il se contenta de sourire et laissa échapper de timides remerciements. C'est Mo qui continua :

— On t'attend demain matin, Bastien te présentera le petit apprenti qu'il faudrait que tu aides et il te donnera les quantités à pétrir et à cuire… Tu verras, rien de bien compliqué pour toi.

— Alors, à demain. Je vais aller m'installer, il paraît que la maison m'attend.

— Allez Calou, crois en toi, tu vas assurer.

L'homme prit ses bagages et suivit Ninon dans l'escalier. En entrant dans l'appartement, il se sentait comme pétrifié. Il restait dans le hall, tournait la tête vers la gauche, vers la droite, mais n'esquissait pas le moindre pas. Ninon prit donc les devants.

— Alors, quelle chambre veux-tu ? La première ou celle du fond ?

— Je vais prendre la première, je pourrai faire preuve de plus de discrétion quand je me lèverai tôt le matin.

— D'accord, ça marche. Tu verras, je t'ai fait de la place à la salle de bain pour mettre tes affaires, je me suis un peu étalée, mais tu devrais y arriver. Pendant que tu t'installes, je vais préparer le repas.

— Il faut que tu arrêtes de prendre autant soin de moi, quand tu seras partie, je vais être perdu, je ne saurai plus m'occuper de moi.

— Tu as raison, alors ce soir, c'est toi qui cuisineras.

Tout au long de l'après-midi, chacun vaquait à ses occupations. Ninon lut quelques chapitres de son roman, assise sur la chaise longue en profitant des rayons du soleil de fin mars, qui lui procuraient déjà une bonne chaleur. De temps à autre, elle disparaissait dans sa chambre pour préserver quelque intimité et téléphoner à Ludivine ou à Manu. Calou quant à lui réinvestissait les lieux. Il ouvrit l'un après l'autre, chaque placard et approchait son nez de chacun d'eux et fermait les yeux, il cherchait une odeur, un parfum qui lui manquait. L'aurait-il retrouvé ? Rien de moins sûr, mais il abandonna ses recherches, prit une douche, se prépara un café et en proposa un à Ninon. Elle l'accepta volontiers, d'autant qu'il accompagnerait à merveille la cigarette qu'elle venait d'allumer. Tout en buvant son café, il avait rejoint sa fille sur le balcon.

— Tu sais que c'est sa chaise sur laquelle tu es assise.

— Oui, c'est toi qui lui as offert.

— Le jour où elle m'a dit qu'elle attendait un bébé… Elle appréciait tellement le soleil, je voulais qu'elle puisse en profiter en se reposant.

— Tu l'aimais ?

— Autant qu'on puisse aimer un ange.

Il essuya du revers de la main une larme qui coulait sur sa joue et repartit dans sa chambre. Ninon lui laissa cinq bonnes minutes et alla frapper à sa porte.

— Ça va papa ? Tu n'as besoin de rien ?

— Non, rentre, je veux te montrer quelque chose.

Ninon poussa la porte, elle ne savait pas à quoi s'attendre, peut-être une photo de sa mère ou un autre souvenir. Quand celle-ci fut assez largement ouverte pour lui permettre d'entrer dans la chambre, elle ne put s'empêcher de rire. Son père se dressait là, devant elle, en tenue de boulanger. La panoplie commençait très fort par une jolie toque blanche un peu bouffante ressemblant à s'y méprendre aux charlottes que les dames aux cheveux longs enfilent sous la douche pour ne pas mouiller leur système capillaire. Il portait un tee-shirt de la même couleur et précisa à Ninon qu'il devrait normalement mettre une veste, mais qu'il n'avait jamais supporté ce vêtement. En baissant encore les yeux, elle découvrit le clou du spectacle. Il s'agissait d'un pantalon « pied de poule » du plus bel effet. La tenue s'avérait complète, grâce, en particulier, à une paire de chaussures blanches coquées.

— Tu vois, Pitchoune, j'avais tout gardé. Quelque part, je devais savoir que ça me servirait encore.

— Tu es beau papa, en boulanger, j'ai ri, car je ne m'attendais pas à ça, tu me rends si fière de toi.

— Alors jeune fille, tu peux sortir, ton père va se déshabiller, je désirais juste m'assurer que je tenais encore dedans. Je ne veux pas les salir avant demain.

Ninon reprit sa place sur le balcon et Calou, défait de son uniforme et de retour à la vie civile, s'affaira autour du réfrigérateur et du garde-manger. Ninon le regardait faire du coin de l'œil, mais n'intervint pas. Elle le laissait créer la surprise et petit à petit reprendre confiance en lui. Ninon décida simplement de se replonger dans sa lecture, ainsi elle libérerait l'espace au professionnel et ne serait pas tentée d'intervenir. Elle se connaît, elle adore mettre son grain de sel partout. C'est une odeur qui vint la sortir du chapitre qu'elle était sur le point de finir, un parfum d'oignons, de légumes qui revenaient à l'huile d'olive. Comme ses sens se trouvaient dès lors en éveil, elle reconnut le bruit de la viande qu'on lance dans une poêle chaude. Elle ne voulait pas savoir, mais la tentation devenait trop grande, elle se leva, déclara qu'elle allait refaire son maquillage et disparut au fonds de l'appartement. Elle ne put cependant s'empêcher de remarquer en passant que le four préchauffait. La demoiselle prit bien une heure pour réaliser l'ensemble de ses transformations. Quand elle réapparut auprès de son père, celui-ci avait dressé la table et terminait la vaisselle des casseroles qui lui avaient permis de réveiller et révéler ses talents. Ninon s'installa.

— Ça sent bon, c'est quoi ?

— Ma spécialité, la tarte « fouzytou », ainsi baptisée parce qu'il s'agit de déposer sur le fond, tous les ingrédients qui nous passe par la tête. Ce soir, c'est légumes et viande hachée mélangés à la fourchette, étalés délicatement sur une pâte brisée faite maison.

Calou sortit sa tarte du four, la posa sur la table et en coupa deux belles parts, une pour Ninon et une pour lui. Il précisa :

— Attention, c'est chaud !

— C'est chaud, mais c'est bon, ajouta Ninon, puis elle sourit au cuisinier.

— Tu sais Ninon, je n'ai jamais ressenti d'aussi agréables ondes que ce soir depuis que ta maman est partie.

Ninon s'est mise à espérer qu'il allait se livrer, qu'il allait enfin lui dire ce qui s'était vraiment passé. Bien sûr, Claudine lui avait révélé des choses, mais elle voulait sa version à lui, elle en avait besoin. Elle escomptait qu'il ait assez foi en elle pour se confier. L'espoir s'éteignit trop vite, car Calou conclut simplement.

— Que je regrette ce temps.

— Pourtant, ce n'était pas facile tous les jours, me semble-t-il.

Calou ne répondit pas, il se leva et remplit silencieusement le lave-vaisselle. Il reprit.

— Je me lève tôt demain, je vais aller me coucher. Je dois reprendre le rythme des boulangers… Lever tôt, coucher tôt. Tu ne t'occuperas pas de moi demain, tu feras selon tes envies, quand je rentrerai, je risque de faire une sieste.

— OK, j'avais prévu d'aller à Perpignan, je dois y voir un truc. Bonne nuit.

Ninon était agacée, elle le sentait si près de vouloir parler. Ce ne sera pas encore pour maintenant et elle, elle savait qu'elle ne trouverait pas le sommeil. Alors machinalement, elle feuilleta les prospectus et autres flyers qu'elle avait récupérés à l'office du tourisme le jour de son arrivée. Ils parlaient de quelques endroits à visiter dans les environs. Ce fut une prise de conscience. Depuis deux semaines, elle égrenait ses vacances et elle n'avait toujours pas effectué la moindre visite. C'était décidé, mardi et mercredi seront réservés à jouer la parfaite touriste. Elle ira à Perpignan lundi pour dénicher une surprise à son père et jeudi, il lui faudra préparer la venue de Manu. Après avoir ainsi programmé la semaine à venir, elle put enfin aller se coucher.

Ce lundi marquait un tournant dans sa vie, ou plus exactement dans celle de son père. Il renouait avec un statut après plusieurs années d'errance, il retrouvait une place dans la société. Il allait reconstruire des liens humains, se créer de nouvelles interactions. Ninon s'assura en se levant que son père avait bien répondu présent au rendez-vous que lui avait donné son patron. La chambre semblait vide, elle en fut satisfaite. Elle flemmarda toute la matinée. Elle prit son petit-déjeuner en plusieurs épisodes, si bien qu'il s'étala sur presque deux heures. Elle mit presque autant de temps pour choisir les vêtements, qui remplaceraient le pyjama dans lequel elle se sentait si bien. Elle avait simplement des envies de cocooning. Après tout, les vacances servent à cela aussi. À midi, elle n'avait pas très faim, son petit-déjeuner à rallonge n'était terminé que depuis trop peu de temps, mais par gourmandise, elle se réchauffa néanmoins une part de tarte

« Fouzytou ». Elle la mangea debout au milieu de la cuisine puis s'enferma à la salle de bains pour se donner la touche finale qui ferait d'elle une personne présentable.

Elle sortit de la maison, démarra sa petite voiture et partit pour Perpignan. Peu après, Calou finissait sa première journée. Il avait chaud et était épuisé. Il avait suivi le rythme et avait fait du bon travail, mais il manquait d'entraînement. Il salua tout le monde, les remercia encore de la chance qu'ils lui laissaient et remonta à l'appartement. À peine rentré, il but un grand verre d'eau, retira ses vêtements et profita à son tour d'une douche tant méritée. Après cela, il se posa sur son lit et s'endormit. Son sommeil fut entrecoupé de rêves et de cauchemars. Il passait des scènes heureuses dans lesquelles Angélique l'accompagnait, elle riait avec Ninon, ils profitaient bien tous les trois. Puis le visage de sa femme se déformait, elle devenait laide et elle hurlait qu'il l'avait tuée, qu'il était responsable. Alors, il se réveillait brusquement, se dressait dans le lit, les images disparaissaient et il se laissait retomber sur l'oreiller et se rendormait. Il sortit complètement de son sommeil quand un des premiers moustiques de l'année vint lui chanter sa chanson lancinante. Les yeux toujours fermés, il se mit une grande claque sur la joue, écrasant sur sa peau le pauvre insecte suicidaire. Quand il sortit de sa chambre, Ninon était revenue, elle buvait un café, assise à table et échangeant avec une dextérité impressionnante, des tas de SMS.

— Alors raconte, cette première journée ?

— C'était dur, mais j'avais presque oublié comme le pain sentait bon et comme le travail me valorisait.

— Alors ça t'a plu ?

— Je crois que oui.

— Alors j'ai acheté quelque chose pour toi, pour fêter ta première journée.

— Mais tu es folle, tu me fais des tas de cadeaux et moi je ne peux pas t'en offrir.

— Tu es revenu et c'est mon plus beau présent.

— Admettons… Je m'habitue à tes cadeaux, dis-moi vite.

— Tin-tin, je t'ai acheté un portable, je pourrai te joindre quand je serai partie et toi aussi tu pourras m'appeler. On restera toujours en contact. Tu donneras aussi ton numéro à Mo et Bastien, ça pourrait leur servir. Tu mènes une vie sociale maintenant.

— C'est génial, mais je ne réussirai jamais à utiliser ça, tu sais en pri…, en fait, je n'ai jamais manipulé ça.

— Je vais tout te mettre en ordre, puis je te montre, d'accord, tu vas y arriver, c'est instinctif et je t'en ai choisi un tout simple avec un grand écran.

La soirée fut donc en grande partie dédiée à paramétrer tous les réglages et aux apprentissages pratiques. Il fallait bien dompter l'animal numérique. La prof fit preuve d'une pédagogie phénoménale et l'élève d'une concentration non négligeable. Avant d'aller dormir, Calou pouvait répondre à un appel, il savait recevoir et envoyer les SMS et il réussit même à programmer une alarme qui le réveillerait le lendemain matin. Chacun fut fier des avancées accomplies. Ninon, avant de lui souhaiter bonne nuit et parce qu'elle comptait s'y rendre le lendemain, demanda à son père :

— Tu connais Collioure ?

— C'était le village préféré de ta maman, tu verras, c'est magnifique.

Le lendemain, alors que son père avait repris le chemin du fournil, elle était partie en direction de ce petit port catalan et elle ne le regretta aucunement. Elle fut éblouie par la beauté du site, elle fut embarquée dans les différentes époques historiques qui ont su laisser leurs empreintes dans les ruelles et les monuments du lieu. Elle craqua sans remords pour les boutiques de souvenirs et céda à l'appel des glaciers et autres crêperies du port. Collioure ne paraissait pas immense et l'on pouvait vite en faire le tour. Rien n'empêchait même d'en faire deux fois, trois fois ou dix fois le tour et chaque fois d'y découvrir de nouvelles merveilles. Se posant un instant sur les galets de la plage, elle comprit pourquoi tant de peintres étaient venus chercher l'inspiration ici, parmi eux, Matisse ou Picasso. Elle se serait bien vue faire glisser son pinceau sur une toile blanche et représenter le ciel bleu et les beautés architecturales, mais elle se rappela qu'elle dessinait comme un enfant de 5 ans. Elle avait toujours été la risée de ses camarades dans les cours d'arts plastiques au collège ou au lycée. Elle comprit aussi pourquoi sa mère aimait tant cet endroit. Il se dégageait de chaque mur une force incroyable et l'environnement tout entier ressemblait à un écrin dans lequel on se sentait protégé. Elle captura de nombreuses images dans son portable, ça assurera une soirée avec Ludivine lorsqu'elle sera rentrée. Avant de repartir, elle glissa ses pieds dans l'eau encore froide et prit la photo immortalisant ses petons immergés. Elle l'envoya sur les réseaux sociaux avec en commentaire : « chanceuse d'être là ». Elle regarda de façon circulaire, une dernière fois, la perle de la côte Vermeille telle qu'est appelée cette cité dans les guides touristiques puis Ninon reprit sa voiture. Elle s'en retourna à Saint-Genis pour y écouter le rapport de Calou sur sa deuxième journée.

Quand elle entra dans l'appartement, Calou était déjà rentré. Il ne s'était pas encore changé et discutait avec Bastien qui était venu lui demander une faveur. Il voulait en fait que dès son troisième jour de présence à la boulangerie, il assure seul la fournée du lendemain. Il préparerait lui-même le pain, Mo ne venant que pour s'occuper de la vente. Le jeune apprenti prend son congé le mercredi et lui, il doit se rendre sur Narbonne, il pourrait récupérer une camionnette tout aménagée pour organiser des tournées. C'est un collègue qui part en retraite qui lui céderait, mais pour s'absenter, il doit être remplacé à la boulangerie et il a vu comment se débrouillait Calou, il a envie de lui faire confiance. Ninon remarqua tout de suite les hésitations de son père. Il croisait et décroisait sans cesse ses pieds sous la chaise, s'essuyait les mains à maintes reprises sur ses cuisses tant et si bien qu'elle se joignit aux deux hommes et prit la parole.

— Pourquoi hésites-tu papa ? Tu ne sais pas fabriquer le pain ?

— Ben si.

— Tu sais allumer le four ?

— Ça oui.

— Alors, où se situe le problème ?

— La dernière fois qu'on m'a laissé la responsabilité d'une boulangerie, ça ne s'est pas bien passé.

— Tu as fait une bêtise ?

— Moi non, mais mon patron l'a cru, on s'est fâché, il a pensé que je l'avais volé et je me suis retrouvé à la rue.

— Toi, tu sais que tu n'avais rien pris, lui aussi, il me l'a dit, en plus, Bastien, il te fait confiance, hein Bastien que tu lui fais confiance ?

— Ça c'est sûr, je ne laisserais pas ma boulangerie à n'importe qui puis dans ton cœur, elle t'appartient toujours un peu cette boulangerie, tu ne vas pas y nuire ?

— Bon, c'est d'accord si tu promets que c'est Mo qui gère la caisse, moi, je n'y toucherai pas.

— Ça marche, aucun souci… Je compte sur toi demain.

Bastien se leva et s'en alla… Calou regarda Ninon et lui dit :

— Ça va vite petite, ça va très vite…

— On a tous confiance en toi, papa, tu dois nous croire, tous ensemble, avec Mo et Bastien, on te tend une perche alors, saisis-la.

Elle lui raconta ensuite sa virée à Collioure, les étoiles qu'elle avait encore dans les yeux, et le questionna sur sa journée, sur le nombre de pains et de baguettes élaborées. Elle ne cherchait pas à monter un dossier comptable, mais juste à lui montrer qu'elle s'intéressait à lui. Ils finirent la soirée devant la télévision, elle s'aperçut qu'elle ne l'avait encore pas allumée depuis qu'elle était arrivée et que cela ne lui avait pas manqué. Calou l'avait abandonnée depuis longtemps lorsqu'elle décida de rejoindre sa chambre. Elle éteint donc le petit écran et les lumières restées allumées. Elle se lava les dents le plus discrètement possible pour ne pas réveiller son père déjà endormi et plongea sous sa couette.

Le mercredi matin, la sonnerie de son téléphone la tira du lit, c'était Ludivine qui s'inquiétait de ne pas avoir eu de nouvelles la veille au soir. Elle s'était habituée au petit coup de fil quotidien, ça lui permettait de se sentir aussi un peu en vacances. Ninon s'excusa de ce raté, mais elle avoua avoir raccroché très tard avec Manu et donc qu'elle n'osât pas l'appeler après. Ludivine ne lui en voulait pas, mais elle lui remémora qu'en tant que meilleure amie, elle devait tout lui raconter. Ninon s'y attela tout en faisant couler son café et tartinant ses toasts. Parallèlement, elle se prépara pour son escapade du jour. Au détour de la conversation, Ninon demanda à Ludivine ce qui expliquait qu'elle ne se trouvait pas au travail. Ce fut une interrogation à laquelle Ludivine répondit par un magistral…

— Oh m… ! Tu m'appelles ce soir, je me suis oubliée !

Malgré Ludivine et sa curiosité un tantinet déplacée, Ninon était parée pour partir, bien qu'elle n'ait pas choisi où aller. Elle reprit en main les documents touristiques qui devaient l'aider à se décider. Elle pensa qu'une balade dans la nature pourrait apparaître comme une idée intéressante. Elle opta pour se rendre dans la montagne dans un parc animalier spécialisé dans la sauvegarde des tortues et même si elle ne se sentait aucune attirance pour ce type de bête. Elle ne savait pas à quoi s'attendre, mais elle y alla sans *a priori*. Avant de payer son entrée, elle prit le temps d'appeler Calou à la boulangerie.

— Allo ! Papa, ça va, tu gères ?

— Ça va, je stresse, mais je gère, la première fournée s'est bien déroulée, là j'attaque pour les clients de l'après-midi, et toi, où es-tu allée ?

— À la montagne, je rends visite à des tortues.

— OK, tu t'es rendue à Sorède, moi, je n'y suis jamais allé, tu me raconteras. Bisous.

Rassurée de savoir que tout se passait bien à la boulangerie, elle put engager sa visite en toute sérénité. Deux choix s'offraient à elle à l'entrée du parc. Elle pouvait déambuler seule dans les allées et regarder les spécimens installés dans des enclos. Elle pouvait également profiter d'une visite guidée collective qui lui permettrait d'assister au nourrissage de certaines espèces et d'en apprendre un peu plus sur ces drôles d'animaux. Pensant qu'il est toujours bon de s'instruire, elle opta pour cette promenade en groupe. Ils n'étaient qu'une poignée de visiteurs, mais le guide tint son rôle et mêlant humour et sciences, il leur présenta toutes sortes d'espèces marines ou terrestres. Certaines étaient énormes, d'autres minuscules, certaines étaient solitaires, d'autres vivaient en colonies, certaines semblaient avenantes et se laissaient caresser, d'autres s'avéraient dangereuses comme la célèbre serpentine. Le guide enchaînait les anecdotes et répondait volontiers aux questions des touristes avides de connaissances. La visite qui occupa une bonne partie de l'après-midi se termina par la présentation d'une petite tortue blanche, rareté dans le monde des chéloniens, nom scientifique donné aux demoiselles à carapace. Sur le point de quitter les lieux, Ninon fut interpellée par le guide qui regroupa les participants, ils étaient sept en vérité. Il souhaita qu'ils fissent connaissance avec Sophie avant de les laisser filer. Le doux prénom de Sophie cachait en fait un python royal, mascotte du parc qu'il portait autour du cou. Tous marquèrent plus ou moins le même mouvement de recul. Lorsque le jeune homme proposa à chacun de venir caresser Sophie et de la prendre sur ses épaules, il y eut des cris et un affolement quasi général. Pourtant, courageusement ou peut-être de façon insensée, chaque membre du groupe approcha pour porter l'animal et pour poser pour une photo immortalisant l'instant. Ninon se disait que si un seul s'abstenait, elle refusait également, mais ils ont tous accepté, les six qui l'ont précédée, on dit oui. Ils ont tous pris Sophie sur leurs épaules. Elle ne pouvait plus se soustraire à ce supplice, alors elle avança et bloqua sa respiration malgré elle.

Elle prit l'animal à son tour autour de son cou puis elle le caressa avec l'aide du guide qui lui tenait la main, elle ne trouva pas le contact désagréable. Sophie réussit aussi à la faire rire quand du bout de sa langue elle lui chatouilla le bras. Mais lorsqu'elle ressentit le début d'un semblant de contraction dans son cou, elle ne put plus se raisonner. Elle se mit à trembler si fort que le guide lui proposa une chaise et un verre d'eau. Il enferma le serpent dans son terrarium et il revint vers Ninon. Il lui parla doucement, la rassura, la félicita en lui expliquant qu'habituellement dans tous les groupes, il y a des visiteurs qui refusent de s'approcher de Sophie. Il s'avouait le premier surpris que chacun ait surmonté ses appréhensions pour se faire une autre idée des reptiles. Ninon l'écoutait, mais ne comprenait qu'un mot sur deux, elle demeurait en état de choc. Il lui fallut de longues minutes pour pouvoir se relever et faire les quelques pas qui l'emmèneraient sur le parking et donc à sa voiture.

Assise derrière le volant, elle s'assura d'avoir récupéré tous ses moyens avant de lancer le moteur. Puis elle analysa la situation, se dit qu'il n'y avait aucun risque réel sinon le guide ne lui aurait jamais demandé de porter le serpent. Elle se remémora alors sa réaction incontrôlée, et ô combien exagérée, elle sourit et se promit d'y revenir et de reprendre Sophie dans ses bras. Encore une fois, la peur dissipée, elle fut satisfaite de cette journée. Le parc était bien entretenu, le guide très intéressant et finalement, le monde des tortues passionnant. En rentrant à l'appartement, elle savait qu'elle pourrait raconter plein de choses, peut-être cacherait-elle sa réaction face au python ou peut-être pas. Après tout, elle pouvait s'enorgueillir du courage dont elle a fait preuve. Quand elle ouvrit la porte de l'appartement, elle entendit siffler dans la salle de bain. Elle n'avait jamais écouté son père gazouiller. Il sifflait bien le bougre. Elle s'approcha silencieusement et posa son oreille sur la porte pour entendre mieux encore. Le bilan de cette écoute indiscrète signifiait que la mélodie était bien maîtrisée, mais que le répertoire n'était pas très étendu. Comme l'eau s'arrêta de couler, elle repartit sur la pointe des pieds vers la porte d'entrée, la claqua et cria :

— Coucou, papa, tu es là, c'est moi.

— Je squatte la salle de bain, je me rase, c'était bien ta journée ?

— Géniale, j'ai même touché un serpent.

— Quoi, tu ne refais jamais ça.

— Si, je le referai… Je ne suis pas morte, tu sais que je n'en ferai qu'à ma tête alors.

— Et toi, monsieur le responsable de la boulangerie ?

— On a passé trois fournées, Mo m'a dit qu'habituellement, elle en vendait entre deux et deux et demie. C'est chouette, mais je suis éreinté. Je ne serai peut-être pas de bonne compagnie ce soir, je me coucherai encore plus tôt qu'hier. Demain, ça ira mieux, on sera trois pour se partager le boulot, ce sera presque des vacances.

— OK, je fais livrer deux pizzas pour ce soir, je n'ai pas envie de cuisiner et demain, je serai aux casseroles presque toute la journée. Je veux mettre les petits plats dans les grands, il y a Manu qui arrive.

— On sera déjà demain jeudi ? Et tu pars samedi… Tu vois que ça va trop vite Ninon. OK pour les pizzas. Une toute simple pour moi.

Ninon passa commande, sortit les couverts nécessaires et pour chacun, un verre. Elle eut l'idée de mettre sur la table une bouteille de rosé. En attendant le livreur, elle s'installa sur le balcon, se connecta sur internet et rechercha de bonnes recettes pour son repas du lendemain soir. Elle devait impressionner Manu. Lorsqu'on frappa à la porte, Calou ouvrit promptement, il attrapa les cartons bien chauds et s'apprêtait à régler, mais le livreur précisa que cela avait été payé par carte, en ligne. Calou hocha les épaules et secoua la tête.

— À table pitchoune, c'est la tienne la merguez ?

— Oui, après mon serpent d'aujourd'hui, je me dis que je peux courir tous les risques.

— Non, mais sérieusement, un python, mais qu'est-ce qui t'a pris ? Un truc comme ça, elle aurait pu le réaliser, ta maman, elle n'avait peur de rien. Tu me racontes en mangeant.

Ninon ne se fit pas prier, elle retraça tout, toutes les variétés de tortues, la répartie du guide, son savoir, sa façon d'intéresser les gens, enfants et adultes, la petite blanche et Sophie. Elle raconta aussi sa crise de panique. Son récit fit souvent sourire son père puis il rit à gorge déployée quand elle expliqua comment elle portait le python. À la fin de son épopée, Calou lui suggéra de se lancer dans l'écriture de ses aventures, il semblait certain qu'elle connaîtrait le succès.

— Et pourquoi pas ? répondit-elle en riant.

Lorsqu'il eut avalé sa dernière bouchée, Calou s'excusa de ne pas passer plus de temps avec elle. Il voulait absolument aller dormir pour se sentir frais et dispo quand il se retrouvera à quatre heures du matin devant les fours. Ninon lui donna son feu vert en précisant qu'elle devait passer deux longs coups de fil et qu'elle pensait être obligée de raconter son aventure reptilienne à chacun de ses interlocuteurs. Elle promit de ne pas faire de bruit en allant se coucher. Son père l'embrassa et lui laissa la jouissance de l'appartement. Elle passa un coup d'éponge sur la table, ajouta les couverts dans le lave-vaisselle et lança celui-ci. Elle s'alluma une cigarette, se fit infuser un thé pour changer et appela Ludivine en premier. Elle craignait de s'éterniser avec Manu et de devoir une fois encore annuler le coup de fil à son amie. En commençant par elle, il y avait moins de risques.

— Allo Lulu…

Et elle reprit où elle s'en était arrêtée le matin même. Quand elle parlait de son père, elle faisait bien attention de baisser la voix, mais se lâchait complètement pour raconter ses aventures du jour ou évoquer son Manu. Les filles échangèrent, plaisantèrent pendant plus d'une heure. Puis, elles se souhaitèrent enfin une bonne nuit. Vingt et une heures pointaient lorsque Ninon appela Manu. Il répondit si vite qu'elle le soupçonna de s'être greffé le téléphone à l'oreille. Il entra dans des explications alambiquées, que c'était par hasard qu'il passait à côté de l'étagère sur laquelle était posé son portable. Il aurait tout bonnement pu dire qu'il attendait son appel avec une certaine impatience. C'était vrai et elle l'aurait très bien compris. Leur conversation commença également par le récit de leur journée et il était clair que celle de Manu avait été un peu moins palpitante que l'après-midi de Ninon. Ensuite, le ton changea, la discussion versa dans le plus intime, dans les mots doux et les promesses que l'on se murmure quand on tombe amoureux sans savoir jamais si l'on pourra les tenir. Puis avant de se dire adieu, ils se fixèrent un rendez-vous à la gare de Perpignan le lendemain vers dix-sept heures trente si Manu réussissait à sauter dans son train en sortant de la fac. Ils raccrochèrent à minuit.

Ninon ne put s'empêcher de calculer le temps qu'elle venait de passer au téléphone. Quatre heures, quatre heures de conversation. Elle ne s'étonna donc pas de ressentir une chaleur diffuse au niveau de l'oreille. Elle se dit qu'une toute dernière blonde incandescente conclurait idéalement cette journée. Elle sortit sur le balcon et tira sur sa cigarette. Elle constata qu'il ne lui restait que trois clopes et qu'elle était sur le point d'avoir tenu presque trois semaines avec un seul paquet. Elle s'en félicita et se dit que cela vaudrait la peine d'arrêter complètement, avec une telle consommation, elle était loin de s'admettre dépendante. Elle pensa aussi qu'elle avait le temps de s'en inquiéter et continua à dessiner des volutes de fumée dans la lumière des réverbères.

Au petit matin suivant, la pression monta d'un cran. En ce jour particulier arrivait son amoureux, son chéri, son Toulousain élevé à la moutarde de Dijon. Elle désirait l'impressionner et comme il la rejoindrait pour le repas du soir, elle se dit que ce premier repas qu'elle réaliserait pour lui devait être parfait, elle voulait marquer son esprit.

Elle passa une grande partie de la matinée à chercher, sur les sites spécialisés, une recette qu'elle pourrait concocter avec les ingrédients présents dans le réfrigérateur. Les aiguilles s'affolaient, enchaînaient les tours sur l'horloge et elle hésitait toujours. Elle devait aussi penser au repas de midi et elle devait vraiment s'en préoccuper. Alors elle fit cuire dans une casserole d'eau un sachet de riz et décongela dans le micro-ondes un steak haché. Consciente qu'elle n'aurait pas le temps de s'attaquer également au dessert du soir, elle décida de réserver un gâteau auprès de Mo. Elle descendit et mit une option sur un mille-feuille pour six personnes qui trônait en vitrine. Ils ne seraient que trois ce soir, mais si elle ratait son plat, ils pourraient se rattraper sur le gâteau. Elle remonta, se prépara son steak et se servit une assiette de riz et à ce moment précis, elle eut une révélation, comme un signe divin, un rayon de soleil vint éclairer d'une lumière intense son repas. Du riz, de la viande hachée, elle savait… Elle allait cuisiner des petits légumes farcis selon la recette de sa grand-mère. L'honneur était sauf, elle savait quoi proposer à ses hommes. Très vite, elle avala son assiette, ne prit pas de dessert et se fit juste couler un café. Elle débarrassa sa table et se lança à corps perdu dans le rinçage et l'évidage de ses légumes. Pendant ce temps, elle remit à cuire deux sachets de riz, sorti du congélateur de la viande qui serait la base de sa farce. Trois tomates, trois courgettes rondes, trois gros champignons et trois pommes de terre pour donner une touche franc-comtoise à la recette qui constituerait le plat de ce soir. Quand elle eut préparé chacun de ses légumes, elle s'attaqua à la farce. Elle mélangea, directement avec ses doigts, la viande, la chair des légumes évidés, un peu de persil et autant de cuillères à café de riz qu'il n'y avait de légumes. C'était là le secret qu'elle tenait de sa grand-mère. Délicatement, elle remplit les légumes en attente, les plaça dans un grand plat. Elle déposa autour des petits farcis le riz qui n'avait pas été utilisé et saupoudra le tout de parmesan râpé. Elle n'oublia pas, en touche finale de verser quelques gouttes d'huile d'olive sur l'ensemble. Elle réserva le tout dans le four éteint. Elle leva enfin les yeux vers l'horloge qui lui confirma qu'elle avait juste le temps de se faire belle avant d'aller chercher Manu à la gare. Comme elle était joueuse, elle choisit de boire le café qu'elle n'avait pas encore eu l'opportunité de se servir depuis sa collation méridienne. Tout en dégustant son arabica, elle écrivit un petit mot à Calou, lui demandant d'allumer le four à dix-huit heures précise et de régler la température sur deux cents degrés. Elle ajustera si nécessaire à son retour. Elle laissa le petit mot bien en évidence sur la table et se précipita enfin dans la salle de bain. Dans la réalisation du triptyque savonnage, maquillage, habillage, Ninon fit preuve d'une efficacité rare. Pour l'occasion, elle décida de porter la longue jupe qu'elle s'était achetée, en même temps que le bermuda de son père. Associée à un petit chemisier qu'elle n'avait pas encore eu le temps de sortir de son armoire, cette jupe lui donnait un air de gitane mystérieuse. Ninon ne se lassait pas de l'effet rendu. Elle fit tourner plusieurs fois sa jupe comme s'en serait amusée n'importe quelle petite fille. Elle n'en était plus une et c'était là toute la différence. Elle attrapa son sac à main, y jeta tout ce qui pouvait lui servir, et en particulier son portable dont l'heure affichée la propulsa dans sa voiture, direction Perpignan et sa gare.

Le timing s'approcha de la perfection. Alors qu'elle cherchait une place pour se garer, il apparut sur le trottoir. Il portait cet ensemble en jean dans lequel elle l'avait découvert à leur première rencontre. Il avait cette dégaine qui lui avait tant plu, de loubard au cœur tendre. Puisqu'il avait repéré la voiture et qu'il se dirigeait vers elle, elle resta en double file. Elle ne manqua pas de se faire klaxonner par quelques conducteurs pressés. Son bras se leva, prêt à décocher un geste qu'une jeune fille bien élevée ne pouvait pas se permettre. Elle se coupa net dans son élan, instantanément calmée par la présence de Manu à ses côtés. Avant de parler, avant de démarrer, ils s'octroyèrent quelques secondes pour échanger un baiser de retrouvailles, ce qui leur valut de nouvelles remontrances sonnantes de chauffeurs stressés. C'est donc simultanément qu'ils allèrent jusqu'au bout du geste de Ninon, avorté quelques secondes plus tôt. Leur synchronisation les fit rire et la voiture démarra.

— Tu as fait bon voyage ? Il n'y avait pas trop de monde dans le train ?

— Que des étudiants, je ne m'étais pas imaginé qu'autant de mes camarades venaient d'ici.

Ils échangeaient sur les quelques jours passés loin de l'autre, ils se racontaient leurs craintes lorsqu'ils seraient séparés, mais se promettaient de continuer à faire vivre leur relation à longue distance. Pendant qu'ils conversaient ainsi, la petite voiture avalait les kilomètres et bientôt ils entrèrent dans Saint-Genis des Fontaines. L'auto s'arrêta comme à son habitude devant la boulangerie.

— C'est donc ici qu'il bosse, Calou ?

— Oui et tu vois, on habite juste au-dessus. C'est carrément l'idéal. Tu m'attends, je vais chercher un gâteau.

Ninon alla donc récupérer le mille-feuille qu'elle avait réservé et se fit bien entendu taquiner par Mo, qui souhaitait absolument faire connaissance avec le beau gosse de Toulouse. Devant l'insistance de la boulangère, elle lui proposa de venir le lendemain soir avec Bastien pour se joindre à leur repas, ce sera l'occasion pour elle de les remercier et de leur dire au revoir. Retrouvant Manu, elle lui annonça qu'il serait l'invité d'honneur lors d'un dîner entre voisins. Ceci le fit sourire. Il suivit Ninon dans les escaliers et ne put s'empêcher de la complimenter sur sa tenue qui mettait en évidence sa beauté. Ninon fut touchée par ce compliment, elle n'était pas trop habituée à cela. Elle en était déstabilisée, mais pour autant trouvait ceci fort agréable. En entrant dans l'appartement, une merveilleuse odeur de cuisine envahissait l'espace. Elle se précipita vers le four pour vérifier l'état de cuisson de son plat et parut plutôt satisfaite de son travail. Elle glissa le gâteau qu'elle n'avait toujours pas posé, dans le réfrigérateur, et entreprit de faire visiter les lieux à Manu. Ce dernier la suivait partout, notant la conception simple, mais fonctionnelle de l'habitat. Ils terminèrent par les chambres. Dans celle de Calou, ils découvrirent le boulanger allongé sur son lit, en pleine récupération des efforts consentis dans la journée. Ninon en profita pour le remercier de la mise en route du four. Enfin, dans la chambre de Ninon, Manu posa la question, celle à laquelle Ninon n'avait aucunement réfléchi, occupée qu'elle fût à prévoir un menu pour le dîner.

— Et moi, je dors où ?

Le canapé n'était pas super, même pour dépanner, il n'y avait ni matelas gonflable ni lit d'appoint. Ninon ne se démonta pas.

— On mettra une bonne épaisseur de couvertures et tu pourras t'allonger là, à côté de mon lit.

Comme il ne voulait pas la décevoir, Manu déclara qu'il s'y trouvera très bien et qu'après avoir dormi dans sa petite italienne, il pouvait s'assoupir partout. Ninon ne se pardonnait pas son omission, mais elle n'en montra rien. Manu laissa donc son sac dans la chambre et ensemble, ils allèrent dresser la table tandis que sous les ordres de Ninon, son père qui les avait rejoints, préparait l'apéritif. Ils s'installèrent, plaisantèrent, parlèrent d'avenir en se régalant de petits légumes fondants et succulents. Comme il le ritualisait depuis plusieurs jours, après le dessert, Calou rejoignit ses pénates. La présence de Manu ne le dispensait pas de se lever tôt le lendemain. Il prit le temps de féliciter Ninon pour son repas et disparut au fond de l'appartement, laissant seuls les jeunes adultes enamourés. Assis côte à côte, ils se murmuraient des mots doux, les mêmes peut-être que ceux qu'ils s'étaient déjà dits par téléphone. Ils entrecoupaient leurs discussions de bisous et d'étreintes enflammées. À un moment, une idée traversa le cerveau de Ninon.

— Tu veux faire partie de ma vie ?

— Ben oui, c'est déjà le cas, non ?

— Alors, tu dois faire connaissance avec Ludivine. On va l'appeler.

— Mais c'est qui Ludivine ?

— C'est ma meilleure amie, on se dit tout. Elle sait déjà plein de choses sur toi et sur nous.

— Ce n'est pas juste, elle bénéficie d'un avantage, moi je ne la connais pas.

— Ben voilà, objectivement, ça ne peut plus durer… Allo Lulu, je suis assise aux côtés de Manu, je te le passe, il souhaite te parler.

— Allo, Ludivine, bonsoir, oui, c'est moi, il paraît que je dois absolument faire ta connaissance si je veux faire partie de la vie de Ninon.

— Salut Manu, c'est une évidence, cher ami, sans mon accord, Ninon ne construira rien de sérieux avec toi, alors tu as intérêt à me plaire.

— Aie, tu me fais peur, je joue ma vie là.

— Tu ne crois pas si bien dire, je vais devoir te faire subir un interrogatoire. Elle est près de toi Ninon ?

— Oui, et elle écoute notre conversation, ça l'amuse beaucoup.

— Alors tu vas couper le haut-parleur et à partir de maintenant, tu ne réponds que par oui ou par non, OK ?

Ninon arracha le téléphone des mains de Manu et tenta de protester, mais Ludivine trouva les arguments qu'il fallait pour qu'elle accepte le concept. Elle rendit l'appareil au garçon et s'occupa à ranger la table. Pendant cinq minutes, elle n'entendit plus que des oui et des non qui sortaient d'entre les lèvres de Manu. Comme elle restait toujours en dehors de la communication, elle s'alluma une cigarette et fit mine de bouder.

— Tu sais Ludivine, je crois qu'on va devoir s'arrêter là sinon ta copine va me ramener à la gare dès ce soir.

— OK, je te donne mon feu vert, j'ai l'impression que tu es quelqu'un de bien et que je peux partager mon amie avec toi. J'espère qu'on se verra bientôt… Tu me la passes deux secondes.

Il tendit le portable à Ninon qui s'en saisit.

— Alors verdict ?

— C'est une perle rare, ce Manu, tu dois tout mettre en œuvre pour le garder. Tu ne pourras que trouver le bonheur avec lui, alors pas de bêtise, ne le laisse pas filer. Bisous la puce.

— Bisous Lulu

Manu n'avait rien entendu des conclusions de Ludivine, mais le sourire sur le visage de Ninon lui semblait plutôt un bon signe. Elle passa ses bras autour de son cou, lui déposa un bisou sur les lèvres et lui dit :

— Je crois que je vais te garder.

— Merci Lulu, souffla-t-il en s'adressant au plafond.

Le moment était venu pour les amoureux d'aller se coucher. Ninon préparait le lit du jeune homme avec plusieurs épaisseurs de couvertures à même le sol pendant que Manu se brossait les dents. À son retour, elle le laissa s'installer et à son tour s'enferma dans la salle de bain pour parfaire son hygiène bucco-dentaire et passer son pyjama ultra sexy en coton. Dans la chambre, elle enjamba Manu, qui cherchait la position susceptible de lui permettre de trouver le sommeil et se glissa dans son lit… Ninon réfléchit un instant, hésita, mais lui proposa de la rejoindre contre la promesse de rester sage, elle était prise de remords et avait bien compris qu'il ne s'endormirait pas, si mal installé. Ce dernier ne se fit pas prier, très vite, il se retrouva au côté de son amour naissant. Il tenta de rester sage, il se voulait gentleman. Il se tourna sur le côté dans le dos de Ninon, sans arrière-pensées, afin de s'endormir en s'enivrant du parfum de la jeune femme. Celle-ci semblait sommeiller profondément, mais dans un déplacement aussi imperceptible qu'involontaire, elle finit par se coller contre le corps de son amoureux. La nature étant ce qu'elle est et les hommes étant ce qu'ils sont, la promiscuité de leurs deux âmes, rendit Manu victime d'une réaction mécanique et physiologique au niveau de son bas ventre. Si l'on avait pu allumer, on aurait vu le rouge lui monter aux joues instantanément. Il fit volte-face et s'accrocha au bord du lit. Ninon, qui avait bien senti la situation se durcir, fut-elle aussi bien réveillée. Elle glissa tout son corps vers le bord opposé du lit sans se retourner, tant et si bien qu'une troisième personne aurait pu sans aucune difficulté, s'allonger entre les deux. À leur réveil, aucun n'osait bouger de peur d'affronter le regard de l'autre. C'est Ninon qui trouva les mots pour dédramatiser la situation.

— Il ne s'est rien passé cette nuit.

— Non, il ne s'est rien passé.

— Tu as bien dormi.

— Super et toi ?

— Très bien, alors debout.

Ils se levèrent en même temps et se dirigèrent vers la cuisine.

— Thé ou café ?

— Toujours café, tu veux que je fasse griller du pain ?

— Oh oui, mais tu me beurres mes tartines.

— Ça marche, mais que ça ne devienne pas une habitude…

— Oh si, ce serait bien que ce soit une habitude, ça voudrait dire qu'on resterait toujours ensemble.

— Tu te lasserais peut-être ?

— Je ne crois pas, non.

Manu beurra les tartines, Ninon servit les expressos et ils prirent leur petit-déjeuner l'un en face de l'autre, se tenant par la main du bout des doigts. Le café et la lumière générée par le soleil faisant leur effet conjugué, le sommeil s'estompa et chacun des jeunes gens accéda à un état de conscience plus ou moins avancé. Après une deuxième tasse, ils réussirent à organiser les grandes lignes de leur journée. Il leur faudra vérifier les horaires de leurs trains respectifs pour le lendemain. Ils devront réserver un taxi qui les amènera à la gare. Ils n'oublieront pas de programmer un petit tour sur la plage, puis ils iront rendre la voiture qui a accompagné la jeune fille tout au long de ces dernières semaines. Enfin, Ninon aurait bien aimé trouver un créneau pour aller dire au revoir à la vieille Claudine de l'immeuble d'en face. À tour de rôle, ils occupèrent la salle de bain afin de donner à leur personne un peu de fraîcheur. Il leur fallait effacer les derniers signes d'une nuit durant laquelle ils n'avaient peut-être pas aussi bien dormi que ce qu'ils voulaient laisser paraître. Quand tous deux se trouvèrent en ordre de marche, ils décidèrent de s'occuper une fois pour toutes de la logistique de leurs voyages respectifs.

Le train de Ninon partait à onze heures trente-cinq, celui de Manu démarrait un peu plus tôt, à onze heures huit, très précisément. Ils achetèrent ainsi leurs billets en ligne. Il leur restait encore à prévoir le taxi qui les emmènera à Perpignan. Il fallait arriver à la gare vingt minutes avant le départ du train de Manu pour avoir le temps de se dire au revoir correctement en se serrant fort dans les bras l'un de l'autre. Ils décidèrent donc de rejoindre la station ferroviaire pour dix heures cinquante. C'est cet horaire qu'ils proposèrent au taxi qui viendrait les prendre devant la boulangerie. Ce dernier leur fixa rendez-vous à dix heures tout pile, ce qui permettrait de surmonter tout imprévu, crevaison, accident ou autre embouteillage. Ceci étant réglé, bien qu'ayant le cœur lourd à l'idée de se quitter, ils furent tous deux soulagés d'avoir pu organiser leurs départs sans trop de difficultés.

Une fois encore une routine culinaire s'imposa à eux, il devait imaginer le repas qu'ils allaient proposer à leurs invités du soir. Manu était partisan de quelque chose de très simple, à faire rapidement au dernier moment. Il préférait largement passer son après-midi à la plage que devant les fourneaux. En soi, cela pouvait se comprendre. Très vite, ils tombèrent d'accord sur l'idée d'un mégaplat de « spaghettis bolo » qui offrait le double avantage d'assurer la convivialité et de caler l'assistance. Le choix étant arrêté, ils regroupèrent quelques affaires et partirent à la plage.

Depuis qu'elle avait fait sa connaissance, Ninon n'attendait que ça, marcher main dans la main avec son beau troubadour sur le sable d'Argelès. Ils se retrouvèrent seuls et profitèrent de la plage avec la mer en toile de fond. Elle savait que c'était cliché, fleur bleue et surfait, mais ce n'était qu'un rêve et ce rêve semblait devenir accessible. Elle ne voulait pas s'en priver. Tout se passait comme elle l'avait imaginé, à l'exception de ce petit cabot encombrant qui leur tournait autour en aboyant. S'il commença par les ennuyer, devant sa persévérance et son insistance à les suivre et à leur couper la parole chaque fois qu'ils se parlaient tendrement, ils finirent par en rire. Ils furent presque déçus lorsqu'une petite dame un peu courbée, un peu boiteuse vint récupérer l'animal en le sermonnant et en lui passant un collier autour du cou. Elle remercia les jeunes gens de lui avoir gardé son chien puis s'en alla en claudiquant. Ils n'osèrent pas lui avouer qu'ils avaient tout tenté pour le faire fuir.

Bizarrement, à partir du moment où ils auraient pu parler librement, ils se sont tus, se cherchant du regard et se noyant au plus profond des yeux de l'autre. Ils se souriaient et sur cette plage, à cet instant, c'était suffisant. Manu rappela à Ninon qu'elle devait encore rendre la voiture, faire un coucou à Claudine et bien que ce ne soit pas le plus difficile, préparer les pâtes pour le repas du soir. Il était donc temps de rentrer. À contrecœur, ils se levèrent, entrelacèrent leurs doigts et rejoignirent la voiture qui allait les transporter pour la dernière fois. De retour à Saint-Genis, contrairement à son habitude, la petite auto ne se gara pas devant la boulangerie, ils allèrent directement chez le loueur. Manu attendit dehors pendant que Ninon entrait dans le bureau pour rendre les clés et acquitter son dû.

— Alors mademoiselle, ça s'est bien passé, vous n'avez pas eu de soucis, pas d'accrochages. Je vous fais confiance, je ne vais pas aller voir. Juste, vous m'avez fait le plein. Ben OK, c'est très bien, alors dix-sept jours, on va dire quinze, à cinq euros chacun… soixante-quinze euros.

Trouvant la somme très basse, Ninon, par honnêteté, s'inquiéta des kilomètres qu'elle a effectués durant ces deux semaines de locations, elle devrait les payer.

— OK, c'est indiqué sur l'affiche, mais c'est tellement rare que je loue une voiture quinze jours consécutifs en cette saison. Je vous en fais cadeau, en plus, vous m'avez l'air bien sympathique, si vous revenez, vous saurez où trouver un véhicule.

La jeune fille remercia l'homme de ce geste commercial et sortit rejoindre Manu qui l'attendait toujours. C'est à pied qu'ils finirent donc leur trajet. Arrivée devant la maison, Ninon lui proposa de rentrer, se reposer ou se doucher, le temps qu'elle passe dire au revoir à Claudine. Elle traversa donc la route, entra, monta à l'étage. Claudine se tenait sur son palier, elle arrosait quelques plantes en pot qui se trouvaient là.

— Coucou, Claudine, je suis venue vous dire au revoir, je m'en vais demain et je voulais vous remercier. Grâce à vous, j'ai retrouvé mon père, je sais un peu mieux qui je suis et je me suis trouvé un chéri, vous avez changé ma vie.

— Hé ! Doucement, Ninon, n'oublie pas que c'est ta grand-mère qui a voulu que tu reviennes ici. Ça se passe bien avec ton père, ce n'est pas trop difficile ?

— Disons que c'est spécial, tant que nos conversations restent superficielles, ça va, mais quand je veux qu'il me parle de cette sombre période, il se ferme, il ne dit plus rien et il fuit.

— C'est peut-être mieux ainsi, Ninon, s'il ne te raconte rien, c'est peut-être qu'il ne souhaite plus rien te dire. C'est tout. Allez petite, sauve-toi, ton amoureux va se languir de toi. Rentre bien au pays du froid.

— Au revoir, Claudine, on se reverra bientôt.

La jeune fille regagna son appartement au moment où Manu, sortant de sous la douche, traversait le couloir absolument nu comme un ver. Il n'eut que le réflexe de faire volte-face et présenta ainsi son auguste postérieur à sa petite amie, qui éclata de rire. Sans perdre de sa superbe, Manu déclara simplement :

— Il fallait bien que je me dévoile un jour.

Et il rejoignit Ninon dans son fou rire. Le temps de la surprise passée, la jeune fille se prépara à son tour pour la soirée. Alors qu'elle mettait l'eau à bouillir pour y jeter les spaghettis au moment voulu, Calou rentra et précisa que Mo et Bastien se chargeaient du dessert. Ceci arrangea bien Ninon, qui n'avait absolument rien prévu pour clore le repas. Manu quant à lui, qui avait eu l'excellente idée de se vanter l'après-midi même d'être le roi de la bolognaise, se retrouvait promu commis de cuisine, assigné à la sauce. Le repas s'élaborait dans une bonne humeur évidente, mais qui n'arrivait pas à gagner Calou. Il gardait le regard sombre. Il participait, mais sans vraiment être là. Quand Ninon lui demandait ce qui n'allait pas, il répondait simplement qu'il avait le bourdon, qu'il regrettait qu'elle parte le lendemain, qu'après ce ne serait plus pareil. Ninon devait se satisfaire de ces explications et redoublait d'efforts pour dérider son père. Elle essaya de le faire chanter avec elle et Manu, tout ce qu'elle obtint, ressemblait à un sourire triste. Soudain, on frappa à la porte. C'est Calou qui ouvrit.

— Coucou patronne, coucou patron, vous ne pouvez plus vous passer de moi.

— Ah non, Calou, ce soir on vient dire au revoir à ta fille et faire connaissance avec ton gendre.

Ce mot eut une étrange résonance pour chacun des habitants des lieux, personne ne l'avait jamais utilisé. Il amena Ninon à réagir.

— Doucement Mo, on ne veut pas brûler les étapes, il n'a pas encore fait ses preuves le jeune homme. Bon, il se débrouille bien, mais…

— Je peux te faire la bise Manu, je n'ai encore jamais embrassé un chanteur.

— Ça, c'est parce que tu ne m'écoutes pas assez m'égosiller.

Il s'agissait de Bastien qui essayait d'exister un peu, mais Mo était tellement extravertie et habituée à parler aux gens, qu'il était difficile de s'imposer dans ses conversations. Manu salua tout le monde timidement, Ninon rangea la jolie tarte offerte par le couple de boulangers et chacun prit place autour de la table. Le repas commença dans une ambiance plutôt agréable, Mo monopolisait un peu la parole, mais ça arrangeait Manu et Ninon qui pouvaient ainsi préserver leur jardin secret. Bastien et Calou parlaient du projet de tournées qui pourrait voir le jour sous peu puisque Bastien avait trouvé un terrain d'entente avec le vendeur de camionnettes de Narbonne. Après avoir tous bu un café léger, Mo et Bastien s'en allèrent et tous partirent se coucher. Manu voulait éviter la même mésaventure que la veille, il tourna d'emblée le dos à Ninon. Elle regretta cette distance dans leur intimité, mais elle comprit aisément ce qui le poussait à agir de la sorte. Elle aurait bien voulu cependant qu'il la prenne un peu dans ses bras. Comme il ne se décidait pas, elle sut qu'elle devrait se contenter de le sentir tout près d'elle. Elle posa un bisou sur la joue du garçon et essaya de s'endormir. Elle n'y parvint pas, elle continuait à se retourner dans son lit. Soudain, elle entendit gratter à la porte de la chambre, Manu n'avait rien perçu et était déterminé à dormir. Elle se leva le plus discrètement possible et elle découvrit son père dans le couloir, tout habillé, encore plus pâle que pendant le repas et faisant preuve d'une certaine nervosité. Il fit signe à Ninon de le suivre dans le séjour et lui chuchota :

— Viens, je dois te parler.

Bien qu'elle ne connaisse pas encore ses intentions, Ninon attendait cet instant depuis longtemps. Elle aurait peut-être préféré que Calou choisisse un autre moment, mais elle n'allait certainement pas lui faire la remarque. Dans le séjour, ils s'assirent chacun sur une chaise, et alors que Ninon lui adressait un regard interrogatif, l'homme commença.

— Voilà Ninon, tu t'en vas demain, je ne voulais pas que tu partes sans savoir. Je suis tellement content que tu m'aies cherché et retrouvé, que je demeurerai toujours reconnaissant envers Claudine de t'avoir parlé des temps heureux. Elle a seulement passé sous silence plusieurs éléments.

À ce moment, Calou ignorait que Ninon savait pour le braquage et la prison. La jeune fille but les paroles de son père.

— Si ta maman a décidé de mettre fin à ses jours, ce n'était pas un acte irréfléchi guidé par l'alcool. Oui, elle avait bu pour se donner la force ou le courage d'aller jusqu'au bout de son geste, mais l'unique responsable de sa mort, c'est moi. J'ai voulu qu'on vive comme des rois. Plus exactement, j'espérais qu'elle vive comme une reine, alors pour elle, j'ai tout donné, tout dépensé, même l'argent que je n'avais pas. Ce n'était pas grave, quand je lui offrais des cadeaux, je voyais tellement de bonheur dans ses yeux, que ça valait toutes les dettes du monde. Avec les créanciers, je me débrouillais. Un mois, j'effectuais un petit versement à l'un puis le mois suivant, c'était à l'autre. J'ai eu de plus en plus de mal pour honorer mes règlements, alors j'ai accumulé des dettes ailleurs, chez des commerçants qui ne me connaissaient pas. Un jour, un huissier est venu, il a menacé de tout nous prendre. Je ne l'ai pas dit à ta maman, j'ai eu peur qu'elle me quitte. Puis il y avait toi, dans son ventre. Si elle était ma reine, je voulais faire de toi une princesse. Alors, j'ai fait une bêtise. Si tu savais comme je regrette.

Ninon posa sa main sur celle de son père pour l'encourager à aller plus loin dans son récit. Calou essuya une larme, renifla un peu et reprit.

— J'ai eu une opportunité, Lorenzo, un ami, s'était informé sur un coup. Il avait obtenu des renseignements sur une banque de la côte qui pour des raisons de restructuration informatique devait fermer plus tôt que d'habitude ce vendredi soir. Il ne devait rester dans l'agence que quelques employés et un technicien. Il ne devait plus y avoir de clients en tout cas. Lorenzo avait juste besoin d'un chauffeur, qui le déposerait et l'attendrait pour le ramener à la fin de son forfait. Je n'avais pas à sortir de la voiture et il m'a promis qu'avec la part qu'il me donnerait, je pourrais rembourser mes dettes, sauver la boulangerie et garder Angélique. C'est cet ultime argument qui me fit accepter. Lorsque le jour est arrivé, j'ai pris la voiture prétextant une course et c'est la dernière fois que j'ai vu ta maman. Lorenzo avait prévu des cagoules noires, on en portait chacun une, on aurait dit de vrais gangsters, mais on n'était que des clowns, des ratés. Dans l'établissement, il y avait encore beaucoup de monde. Ce n'était pas prévu. On a fait plusieurs fois le tour du quartier pour vérifier, mais l'agence ne se vidait pas. J'ai donc garé la voiture dans une ruelle, à quelques pas de la banque et j'ai essayé de dissuader Lorenzo d'y aller, mais il ne pouvait rien entendre, il avait décidé de se faire le guichet. Alors qu'on se disputait, il a sorti un revolver, ça non plus, ce n'était pas prévu. Je ne lui avais jamais donné mon accord pour cela et on en est venu aux mains, on s'est battu dans l'automobile… Puis plus rien.

— Comment ça plus rien ?

— Non, je ne me souviens de rien, juste les policiers autour de moi, qui me menaçaient de leurs armes. Il y avait ce revolver que je tenais dans la main et des employés de la banque disaient que c'était moi, avec ma cagoule noire qui avait tiré. Lorenzo avait disparu et ils m'ont immédiatement arrêté. Ils ont retrouvé mes empreintes sur le revolver. J'ai très vite été inculpé et incarcéré. Condamné à dix ans de prison, j'en ai fait huit et j'ai été libéré pour bonne conduite. J'ai reçu une lettre de ta maman pendant que j'errais derrière les barreaux, dedans il y avait la photo que je t'ai montrée. Je n'ai jamais eu d'autres nouvelles jusqu'à ce qu'un maton me fasse passer l'acte de décès de mon seul amour, publié dans le journal.

— Mais il y a eu une victime, de l'argent volé et Lorenzo ?

— Il semblerait qu'un homme ait été blessé à l'abdomen, mais qu'il s'en soit remis. Il y a bien une somme d'argent qui a disparu, mais personne ne l'a jamais trouvée. Ils pensent que je l'ai cachée en sortant de la banque et qu'un passant peu scrupuleux qui aurait mis la main dessus aurait su l'utiliser à bon escient. Il y avait environ dix mille francs, ça correspond à deux mille cinq cents euros. Ça n'aurait jamais couvert mes dettes. Lorenzo, lui, il a complètement disparu de la circulation. Il semblerait qu'il n'a jamais pris de mes nouvelles, il est resté très éloigné de l'affaire. Voilà, tu sais tout maintenant, tu peux imaginer pourquoi ta maman est morte et tu connais ma valeur, ce n'est pas lourd. Alors à présent que tu es au courant, je comprendrais que tu ne veuilles plus me voir, que tu préfères ne plus revenir à Saint-Genis et que tu ne m'estimes pas digne d'être ton père. Je souhaite aussi que tu saches que les quelques jours passés avec toi constituent les plus beaux depuis ce jour où j'ai laissé ta maman derrière moi.

— Mais tais-toi, s'il y a une dette réglée, c'est bien celle que tu devais à la société. Tu l'as payée par la mort de maman et tu l'as remboursée par les années de liberté qui t'ont été enlevées. Moi, je n'ai pas rencontré un gangster, mon père, c'est un gars bien, un type cassé par la vie, mais un mec bien. Tu as laissé de bons souvenirs partout où tu es passé depuis que tu es sorti de prison, les gens t'ont apprécié. Ce n'est pas pour tes beaux yeux que Mo et Bastien te font confiance, c'est parce que tu le mérites et moi aussi j'ai foi en toi. Et oui, je reviendrai.

Elle prit son père dans ses bras, il lui sourit…

— Pouh, ça va être dur de s'endormir, après ça. Il me reste deux cigarettes, tu finis mon paquet avec moi, on les a méritées, toi et moi. Après, j'arrête, je n'en rachèterai pas.

— Juré ?

— Craché !

Ils éclatèrent de rire, sortirent sur le balcon et savourèrent ensemble ces dernières cigarettes…

Le soleil méditerranéen se leva sur le jour du départ, Manu qui fut le premier endormi, fut le premier debout. Il prépara le petit-déjeuner et retourna dans la chambre pour réveiller Ninon. Il se jeta sur elle, sur le lit, et débuta une bataille de chatouilles qui lui valut un coup d'oreiller en pleine figure. Il fit semblant d'être assommé et lorsque Ninon se pencha sur lui pour voir si tout allait bien, il l'attrapa et la titilla de plus belle. Quand elle réussit à se dégager, elle courut à la cuisine suivie par son agresseur matinal. Le café était servi, les tartines grillées et beurrées. Tout était parfait. Elle le remercia et l'embrassa dans le cou, essayant malicieusement de lui infliger un suçon à hauteur de la jugulaire. Heureusement pour lui, elle n'était pas très douée pour cet exercice et il se rendit compte assez tôt de la tentative de Ninon. Il défit leur étreinte et ils passèrent à table.

Sur le réfrigérateur, Calou avait laissé un petit message : « Je t'aime ma fille, venez à la boulangerie avant de partir » ! Ninon et Manu firent leur toilette ensemble dans la salle de bain. C'était une première, mais ça leur permettait de gagner du temps, ça autorisa aussi à Manu de découvrir un joli grain de beauté à côté du nombril de son amie. Sur sa peau à lui, rien de tel à repérer, mais Ninon s'amusa à pincer entre ses doigts la naissance de petits bourrelets sur les hanches du garçon. Faussement vexé, il lui précisa que ce n'était pas des bourrelets, mais des poignées d'amour et qu'il mettait beaucoup de soin à les entretenir. Hélas, le temps ne s'arrêtait pas, il semblait même courir plus vite ce matin-là que les jours passés. Ils finirent de se préparer, descendirent tous leurs bagages, qu'ils posèrent sur le trottoir et allèrent saluer toute la boulangerie.

Ninon était accrochée à son père et ne le lâcha que lorsqu'elle entendit un coup de klaxon qui les avertissait que le taxi était déjà arrivé. Les amoureux distribuèrent une dernière tournée de bises. Manu fut invité à revenir quand il voulait, même en l'absence de Ninon et Mo leur donna à chacun un sachet contenant un croissant au beurre et un pain aux amandes. Toute la compagnie les suivit jusqu'au taxi, l'apprenti également. Le chauffeur avait déjà chargé les bagages donc les deux voyageurs s'installèrent à l'arrière et firent des signes aussi longtemps qu'ils le purent. Sortant un mouchoir de son sac, Ninon s'essuya les yeux.

— Ça commence bien, s'exclama-t-elle.

Manu attrapa le mouchoir et c'est lui qui termina d'essuyer les yeux rougis de sa belle émotive. Ils arrivèrent à la gare, partagèrent la course du taxi et avancèrent en direction des quais. Ils furent presque déçus d'apprendre que leurs trains n'accusaient aucun retard. Posant l'ensemble des bagages entre eux deux, ils tombèrent dans les bras l'un de l'autre et ne desserrèrent leur étreinte qu'à l'annonce de l'entrée en gare du TGV de Manu. Ils avaient déjà échangé trois cent mille bisous et Ninon avait réussi lors de sa deuxième tentative à laisser dans le cou de l'étudiant, en guise de preuve de son amour, un magnifique suçon. Elle le suivit sur son quai, le regarda monter dans sa rame puis pleura. Elle lui fit comprendre qu'elle l'appellerait le soir même et le convoi s'éloigna, mettant provisoirement fin à leur parenthèse amoureuse. Pour trouver son train, Ninon n'avait qu'à se retourner. Elle partait du même quai, mais le sien démarrerait sur l'autre voie, celle qui la ramènerait au pays du froid, comme disaient les gens d'ici. Elle s'assit sur sa valise et attendit un peu. Son train se mit en place. Elle monta, trouva son fauteuil et se répéta, comme pour bien les comprendre, tous les mots que son papa avait prononcés dans la nuit. Le train démarra, elle envoya deux SMS, le premier à Ludivine pour lui préciser son horaire d'arrivée et le second à Manu pour lui dire : « je t'aime ».

Retour à la vie d'avant

Son train était direct pour la gare TGV de Belfort après un changement à Nîmes. C'est dans ce bâtiment, où elle l'avait laissée trois semaines plus tôt que Ludivine est revenue chercher Ninon. Elle a décidé de l'attendre sur le quai afin de ne pas la rater à sa sortie du train. Lorsqu'elle aperçut au loin la silhouette de la chenille métallique, elle se tint sur ses gardes. Elle savait qu'à l'ouverture des portes, ce serait un déferlement de voyageurs qui se bousculeraient pour rejoindre l'escalator, passage quasi obligé pour atteindre la sortie. Le train s'arrêta. Ludivine fut avalée, comme c'était prévu, par un flot de voyageurs. Il la transperça de part en part pour s'agglutiner au bas de l'escalier mécanique qui, par sa conception, obligeait les gens pressés à former une sage file indienne. Avec ses lourds bagages, Ninon fut la bonne dernière à arriver à la hauteur de son amie. Elle posa ses valises et les deux filles se prirent dans les bras, prouvant ainsi combien elles s'étaient mutuellement manquées bien trop loin l'une de l'autre pendant trop longtemps.

— Donne-moi un sac, je t'aide.

— Super, j'avais pris beaucoup trop d'affaires.

— Bon, je te laisse sortir, mais après, dans la voiture, tu me dis tout : Manu, ton papa et tous les autres. Tu n'oublieras pas les détails, tu sais que c'est ce que je préfère.

Ninon s'avouait moyennement d'accord sur le principe, elle avait envie de garder certaines choses pour elle, principalement celles qui concernaient l'anatomie de Manu. Hélas, elle savait aussi que Ludivine insisterait et la ferait dire ce qu'elle voulait entendre. Il ne sera pas facile de lui mentir, ne serait-ce que par omission. Elles furent les dernières à prendre l'escalator et à se retrouver dehors ? Mais déjà, elles arrivaient à la voiture. Était-ce l'expérience qui parlait ou un monstrueux coup de chance, mais elles casèrent tout du premier coup dans le petit coffre.

— Allez, en voiture, je veux tout savoir.

Ninon eut un peu de mal à lâcher les premiers mots sur Manu, mais Ludivine redoubla de questions et pour finir, ce premier sujet se montra inépuisable. Il les accompagna jusqu'à Voujeaucourt, au pied du petit appartement de Ninon. À l'intérieur, la conversation reprit de plus belle et les révélations finirent par arriver.

— Je crois que j'y tiens beaucoup et que je compte beaucoup pour lui. Dans le train, je lui ai envoyé un SMS pour lui dire que je l'aimais. Je crois que sans lui, ici ce sera difficile.

— Oh, comme vous êtes mignons, j'aurais tellement voulu me transformer en petite souris pour vous voir à l'œuvre tous les deux. Et sexuellement ?

Ninon devint toute rouge.

— Quoi sexuellement ? Rien sexuellement. Pas encore.

— Même pas un petit frotti-frotta ? Je ne te crois pas.

— Non, je te jure !

— Ah, Marie, ne jurez pas !

Les filles éclatèrent de rire.

— Il ne s'est rien passé, mais je sais qu'il n'est pas toujours resté insensible à ma personne. J'ai eu l'occasion de ressentir tout son amour dans le bas de mon dos alors qu'on essayait de dormir.

Les éclats de rire reprirent plus fort encore.

— Gardons notre sérieux… Et ton papa, ça va ?

— C'est quelqu'un qui a beaucoup souffert et qui a, pendant très longtemps, gardé sa douleur enfouie. J'ai l'impression qu'il s'en est un peu libéré cette nuit quand il m'a parlé. J'ai saisi la force de l'amour qu'il avait pour ma maman, j'ai compris qu'il n'avait pas choisi le moyen le plus simple de lui prouver. Il en avait fait une enfant gâtée. Il allait au-devant de ses désirs, rien ne paraissait trop beau pour elle. Pour la satisfaire, il s'est mis dans la misère et la galère. Il s'est retrouvé piégé et pour essayer de s'en sortir, il a fait la bêtise que tu sais. Mais cette nuit, il m'a dit que ce n'était pas son idée, qu'ils étaient deux.

Puis Ninon répéta mot pour mot les propos que son père lui avait tenus avant son départ. Ludivine qui était restée silencieuse jusqu'à la fin prit cependant la parole pour conclure.

— Se défendre en prétextant une amnésie, tu m'étonnes qu'il ait écopé du maximum, les juges ont dû croire qu'il se moquait d'eux, car toutes les preuves et les témoignages l'accusaient. Néanmoins, chapeau, il n'a jamais vendu son pote. Si ça se trouve, à part lui, son complice, toi et moi, personne d'autre ne sait qu'ils étaient deux.

Ninon réfléchit un instant. Est-ce parce qu'elle voulait le voir meilleur qu'il était ? Elle n'avait jamais imaginé que cette amnésie ne pouvait s'agir que d'un prétexte. Elle se dit que Ludivine avait eu cette pensée, car elle ne le connaissait pas. Ninon savait que lorsqu'il lui a parlé dans la nuit, il était sincère. Elle pensa d'ailleurs que ce serait bien qu'elle puisse le prouver, ne serait-ce qu'à Ludivine.

— Dis ma puce, je t'emmène faire un repas malbouffe dans le fast food de ton choix. C'est moi qui régale, ensuite je te redépose chez toi pour que tu files au lit, tu dois être fatiguée après ce voyage.

— OK, mais pas d'entourloupe, tu me ramènes vraiment tout de suite après, il faudra encore que je vide mes valises.

— Ça roule… On va où ?

— Le moins loin possible. C'est toi qui conduis, c'est toi qui choisis.

Elles se retrouvèrent attablées dans un endroit bruyant, entourées d'enfants qui couraient après des ballons qui constamment venaient rebondir sur leurs plateaux manquant chaque fois de renverser leurs gobelets de soda. L'avantage d'un tel endroit, c'est qu'il était impossible d'y discuter véritablement et c'est donc des sujets légers et souriants qui agrémentèrent leur repas. Lorsque, malgré elles, le silence s'installa un dixième de seconde, Ninon esquissa un bâillement synonyme de signal pour opérer une retraite jusqu'à la voiture. En sortant, Ludivine ne put s'empêcher de taper dans le ballon d'un enfant en s'appliquant à griffer la baudruche de ses ongles bien taillés. L'effet fut immédiat, le ballon éclata, le petit garçon pleura et la maman dépitée la fusilla du regard. Ludivine lui sourit exagérément, ce qui lui valut quelques noms d'oiseaux qu'elle n'avait peut-être pas volés.

— Tu es une vraie chipie Lulu, mais c'est ainsi que je t'aime.

— Je ne suis pas toujours comme ça, mais il m'avait gonflé le gamin… Et pas une excuse de la part de la mère… On n'est pas des bêtes…

Ludivine déposa Ninon, lui proposa de se revoir le lendemain dans l'après-midi. Ninon accepta, elles se donnèrent rendez-vous chez cette dernière pour boire un thé et papoter comme elles avaient l'habitude de pratiquer chaque dimanche. En vérité, Ninon se fichait de ses valises à vider, mais elle voulait être seule pour appeler Manu et être libre de lui dire des mots doux sans être moquée par l'espiègle Lulu. C'est en courant qu'elle atteint son appartement, qu'elle se jeta sur son lit. Puis calmement, elle appela l'heureux étudiant. Ils parlèrent de tout et de rien comme tous les amoureux du monde et rirent beaucoup aussi. À Voujeaucourt, la nuit arrive plus tôt qu'à Toulouse, il y a presque une demi-heure d'écart. Ceci les amusa terriblement. Manu décrivait ce qui restait encore visible de sa fenêtre et Ninon n'avait plus que la Lune et les étoiles comme décor. Lorsqu'enfin ils furent tous les deux rattrapés par la nuit, ils s'envoyèrent des tas de bisous virtuels et chacun dans son monde alla se préparer pour dormir.

Le ciel demeurait gris le jour suivant, à Voujeaucourt, et le temps pluvieux. Les premières gouttes firent leur apparition en milieu de matinée. Depuis trois semaines, Ninon n'avait pas vu la pluie, elle avait presque oublié le cliquetis sur les vitres et les flaques qui se formaient sur le trottoir. Eu égard au programme qu'elle s'était fixé, ces averses successives ne la dérangeraient pas. D'abord, elle embêta un peu son père à la boulangerie en lui téléphonant pour lui dire qu'elle était bien arrivée et qu'elle l'embrassait fort. Ensuite, il lui fallait s'attaquer à ses valises. Les vider était le signe qu'elle ne repartirait pas de sitôt et qu'elle devrait attendre longtemps avant de revoir Manu. Elle trouvait ça très injuste, mais la mort dans l'âme, elle remit chaque vêtement sur son étagère dans l'armoire. Avec les derniers habits portés pour terminer ses vacances et pour le voyage, elle lança une machine qu'elle pendra évidemment sur son séchoir intérieur. Puis elle se souvint qu'à la mort de sa grand-mère, elle avait récupéré tous les albums photo que la vieille dame collectionnait. Elle eut envie de les feuilleter, elle y trouverait peut-être des clichés de ses parents, au temps où ils étaient vivants et amoureux.

Elle posa sur son lit un énorme carton très lourd. Elle en sortit cinq gros albums, qu'elle empila sur la couette avant d'en ouvrir un premier et d'en étudier chaque vue, d'en faire ressurgir chaque souvenir. Dans celui-ci, beaucoup de portraits d'elle, enfant. Elle y retrouva ses photos de classe, ses fêtes chez ses grands-parents avec les gâteaux que sa grand-mère avait réalisés et à partir de son quatrième anniversaire, la présence constante de Lulu à ses côtés. Il y avait quelques scènes de la vie quotidienne, Ninon au jardin, Ninon à la pêche, Ninon et son chat, Ninon qui pleure et Ninon qui rit, Ninon, Ninon, Ninon. Pas de papa, pas de maman. Avant de commencer à feuilleter l'album suivant, comme elle prévoyait de ne pas cuisiner, elle prit une banane qui la calerait un temps. Elle avala son fruit et repartit dans son voyage dans le passé. L'album qu'elle regardait à cet instant regroupait des photographies sur lesquelles ses grands-parents semblaient beaucoup plus jeunes. Il apparaissait parfois avec eux une petite fille, mais ce ne pouvait pas être elle, les âges ne collaient pas. C'était peut-être Angélique, sa maman. Comme il n'y avait aucune légende, aucun repère, c'était difficile à dire. Elle mit l'album de côté et puisqu'il paraît qu'elle ressemble beaucoup à Angélique, elle demandera à Ludivine quand elle arrivera si elle détecte une quelconque similarité. Troisième recueil, troisième ambiance, cette fois-ci, pas de grands-parents, son grand-père n'était peut-être plus de ce monde. Il s'agissait des photos d'adolescente de Ninon avec des copains et des copines. C'était le temps de l'insouciance, dire qu'elle ne savait pas que sa grand-mère avait gardé ces photos. Il y avait même le cousin de Lulu, ce garçon qui lui avait causé ses premiers émois de jeune fille après lui avoir volé un baiser. Elle désespérait de trouver trace de ses parents, mais pour ne pas regretter elle ouvrit le quatrième album. Elle tourna les pages très vite, dans celui-ci, il n'y avait pratiquement que des têtes inconnues. Certainement des amis de ses grands-parents quand ils étaient jeunes. Elle s'arrêta cependant sur une photographie, qui semblait prise devant la boulangerie de Saint-Genis. À côté de sa grand-mère, la femme mince avec beaucoup d'allure et les yeux rieurs, elle parierait que c'est Claudine. Elle stagnait à ce stade de ses recherches lorsque la sonnette de la porte d'entrée retentit. Elle se pencha par la fenêtre et aperçut Ludivine sous la pluie.

— Entre vite.

Elle appuya sur l'ouvre-porte que son propriétaire avait installé à sa demande, elle entendit Ludivine, qui courait dans les escaliers.

— Coucou, bisous, mon thé est servi ?

— Dis, tu exagères, je ne savais pas à quelle heure tu arriverais. Tu prends quoi ? Thé à la menthe, thé vert, thé-citron, à moins que tu préfères une infusion ?

— Thé-citron, ce sera très bien, mais avec de l'eau bien chaude. Que complotais-tu avant que j'arrive ?

— Je fouillais dans les souvenirs de ma grand-mère, je voulais voir si je trouvais des photos de mes parents, mais j'ai presque terminé et je n'ai rien déniché de concluant… Si peut-être dans celui que j'ai mis sur mon oreiller, regarde et donne-moi ton avis.

— Oh, c'est trop drôle comme ta grand-mère t'habillait, c'était plutôt la mode des années soixante-dix…

— Parce que c'était les années soixante-dix… Ce n'est pas moi sur les photos.

— Ne me dis pas…

— Ben si, ça doit être ma maman, la fameuse Angélique. J'y ressemble tant que ça ? Tiens, voilà ton thé.

— Oh oui, les mêmes yeux, la même arête du nez. Son cou avait l'air un peu plus long que le tien et tes oreilles semblent plus petites, mais il faut vraiment vous avoir les deux sous les yeux pour comparer sinon… Tu as bien vu, j'ai cru que c'était toi.

— Je regrette un peu plus de ne pas l'avoir connue, elle avait l'air sympa… Comme moi.

Ninon referma cet album en accompagnant son geste d'un gros soupir. Alors qu'elle posait ses mains sur le dernier, Ludivine la coupa dans son élan.

— Qu'est-ce que c'est cette enveloppe sous ton lit ?

— Elle a dû tomber quand j'ai sorti les albums du carton, qu'est-ce qu'il y a dedans ?

Ludivine se pencha, attrapa l'enveloppe et jeta un œil en écartant les bords de la pochette de papier marron.

— Je crois que c'est ce que tu cherchais. Tu veux vraiment voir ?

— Évidemment, je farfouille depuis plus de trois heures.

Ninon arracha les photographies des mains de Ludivine et regarda la première. Instantanément, des larmes lui remplirent les yeux. Ludivine, qui savait toujours gérer une telle situation, se colla à son amie et posa son menton sur l'épaule de Ninon. Cette dernière ne pouvait pas détacher ses yeux de cette image. Ses parents souriaient en gros plan, joue contre joue. Ils étaient beaux et insouciants. Calou était plus costaud qu'aujourd'hui. Il semblait que son séjour en prison ait fait fondre ses muscles. Au prix d'un effort colossal, elle put poser la photo sur le côté et regarder la suivante. Sur chacune d'elles, elle les trouvait plus beaux que sur la précédente. Ses larmes avaient fait place à un sourire triste. Souvent, ils n'étaient que les deux, parfois ils partageaient la vedette avec les grands-parents, à d'autres moments ils étaient entourés d'amis. Soudain, Ludivine posa son doigt sur une photo.

— Celle-ci… Regarde.

— Qu'est-ce qu'elle a de particulier ?

— Regarde le ventre d'Angélique, il est tout rond, elle est enceinte… Et Calou, il pose délicatement sa main sur son bide… Et qui se trouve dans le ventre ?

— Ce n'est pas vrai ?

— Si, tu as sous les yeux ta seule et unique photo de famille. Tu as intérêt à la garder celle-ci.

— Je vais toutes les conserver, mais tu as raison, celle-ci, je l'aurai toujours avec moi.

Ninon attrapa son sac à main et dans son porte-monnaie, portefeuille, porte-cartes et porte-photos, elle y glissa l'image d'une famille encore heureuse. Ludivine s'assura que le moral de Ninon était revenu et elle décida de s'en aller. Il fallait bien que ces demoiselles puissent reprendre leur travail, le lendemain.

Ninon raccompagna son amie jusqu'à la porte et avant de la laisser partir, elle l'enlaça dans ses bras, la serra fort et lui dit.

— Merci d'être toi.

Ludivine lui caressa une joue comme elle aurait pu réconforter sa petite sœur et se sauva.

Seule dans son appartement, Ninon regroupa les photos de ses parents et les posa sur sa table de nuit. Elle rangea les albums dans le gros carton, sans vérifier ce que cachait le dernier et alla pendre sa machine. Comme la pluie n'avait pas cessé de la journée, elle décida de se préparer un potage bien épais pour son repas du soir, une soupe qui lui tiendrait bien au corps. Pendant qu'elle mijotait, elle ouvrit son ordinateur et consulta sa boîte professionnelle. Il n'y avait qu'un seul message. Il émanait de son patron.

Bonjour, Ninon,

Je sais que vous rentrez de vacances, mais pendant votre absence, trois chats ont disparu dans le quartier des cités du Maroc. Il faudrait que vous alliez interroger les gens du coin qui commencent à croire à un tueur de minets. La tension monte. Il me faudra votre article pour jeudi. Comme d'habitude, vous m'enrobez tout ça pour faire un peu monter la sauce et pour donner un peu d'intérêt à votre rubrique.

Cordialement,

Jean-Louis

Devant son écran, Ninon ne put s'empêcher de parler tout haut.

— Donnez-moi un sujet intéressant et ma rubrique deviendra elle aussi intéressante, ce n'est pas compliqué… Enfin, on ira voir les chats, pauvres bêtes…

La bonne odeur des légumes de son potage l'invita à les mixer. La texture épaisse qu'elle avait obtenue était des plus satisfaisante, mais parce qu'elle voulait assurer mieux que bien, elle ajouta un peu de crème et du fromage râpé à l'ensemble. Elle allait se régaler, mais elle attendit d'avoir réellement faim pour l'apprécier plus encore. Elle alluma sa télévision, qu'elle ne regarda pas vraiment et passa enfin à table. Dans la foulée, elle lava sa toute petite vaisselle et s'allongea sur son lit. Elle reprit les photographies posées sur son chevet et les fit se succéder dans ses mains, la première passant derrière en laissant sa place à la seconde et ceci plusieurs fois d'affilée. Son geste devint presque machinal. Elle passait de sourires en soupirs selon l'image observée, puis à la quatrième rotation, une photographie attira son attention plus que les autres. Sur celle-ci, il y avait trois personnes. Calou à gauche, Angélique à droite et, entre les deux, un homme qui semblait avoir à peu près le même âge que Calou et qui tenait les deux autres par le cou. Tous les trois riaient à pleine gorge, ils avaient l'air de bien s'entendre, mais ce n'était pas ce détail qui la perturbait. En fait, elle reconnaissait la porte juste derrière eux. Cette porte, c'était celle de l'immeuble de Claudine. Ninon se demandait pourquoi ils se tenaient à cet endroit. Elle pensa qu'il ne viendrait à personne l'idée de poser devant la maison d'un voisin, à moins que ce voisin ne partage avec eux la photo. Si tel était le cas, cet homme qui rit entre ses parents, c'est Laurent, le fils de Claudine, celui qui lui fait encore ses courses.

Le cerveau de Ninon frôlait l'ébullition, toutes les informations qu'elle avait reçues pendant ses vacances prenaient sens grâce à cette photo. Quand son père lui a raconté le braquage, il lui a dit que le coup avait été imaginé par Lorenzo. Tout devenait limpide pour Ninon, si Calou se nommait en vérité Pascal alors, comment pouvait s'appeler Lorenzo ? Laurent, c'était évident, le fameux complice de son père, celui que personne n'a jamais cherché, celui que personne n'a jamais envisagé, c'était Laurent, le fils de Claudine. Ninon comprenait maintenant pourquoi Claudine ne voulait pas qu'elle en apprenne trop. Elle cherchait à protéger son fils. C'est peut-être le rôle d'une mère, mais le rôle d'une fille pourrait être de disculper son père. Ninon se leva, quitta son lit, vida tous ses tiroirs, elle cherchait une loupe, elle aurait voulu voir de plus près les traits de Laurent. Sur la photo, le cadrage ne permettait pas de lire les détails des visages. Ne trouvant pas l'objet souhaité, elle abandonna. Il était tard et elle n'irait pas beaucoup plus loin dans ses déductions. Il fallait s'endormir, elle ne savait pas si elle le pourrait. Cependant, elle se coucha, et finit par sombrer, terrassée par les montées et les chutes d'adrénaline qu'elle a subies toute la journée.

Lundi, sept heures, Ninon était réveillée depuis longtemps déjà. Elle a pris son petit-déjeuner, a fait sa toilette et s'est habillée. Dehors, le ciel demeurait toujours gris, mais il ne pleuvait plus. Son terrain d'investigation pour enquêter sur la disparition des chats se situait à deux pas de chez elle. C'était bien, elle pouvait y aller à pied. Elle prit sur un porte-manteau, un blouson de type coupe-vent qui la protégera des intempéries éventuelles. Elle glissa dans une poche un petit carnet et un stylo et sans grande motivation, elle s'en alla. Dans un premier temps, elle a décidé de se promener dans le quartier et de repérer quelques félins, ainsi que la maison qui les abritait. Ce serait les habitants de ces maisons qu'elle irait interroger en premier lieu. Pendant une longue partie de la matinée, elle a observé, suivi des chats, noté des adresses dans son calepin. Elle faisait son travail, mais n'arrivait pas à se montrer aussi efficace qu'elle l'aurait voulu. Une partie de son esprit restait préoccupé par une affaire personnelle, la photo de Laurent. Elle savait que ce cliché avait une importance capitale. Grâce à elle, elle avait commencé à tirer une ficelle, mais elle n'avait pas encore tout dénoué. Il devait y avoir quelque chose à faire.

À dix heures trente, elle avait recensé six félins dont elle avait clairement identifié le domicile. Il fallait qu'elle aille interroger les propriétaires pour espérer récolter des informations. Elle décida de voir deux personnes pendant cette fin de matinée, et elle reviendrait pour les autres, l'après-midi. Ninon s'approcha de la première maison et de sa porte d'entrée. Elle sonna et attendit quelques instants.

— Bonjour, je suis Ninon Vigaut-Miellat, je travaille pour le journal local, et je viens enquêter sur la disparition des chats dans votre quartier, je peux vous embêter un petit peu et vous poser quelques questions.

— Je veux bien vous aider, lui répondit une dame portant brillamment une soixantaine dynamique. Mais je ne sais pas grand-chose, on m'a juste dit de faire attention pour Steevy, mon matou. Depuis une dizaine de jours, il semblerait en effet que des chats disparaissent…

— De votre côté, vous avez mis quelque chose en place pour surveiller Steevy ?

— Ce n'est pas possible, un chat, c'est un chat, il a besoin de sortir. Mon Steevy, ce n'est pas un chat d'appartement, je ne peux pas le laisser enfermé.

— Vous connaissez quelqu'un qui a perdu le sien récemment ?

— Pas vraiment, on en voit dans le quartier, il y en a beaucoup, mais on ne sait pas à qui ils appartiennent.

— D'accord, je vous remercie, je vous laisse ma carte, si vous apprenez quelque chose ou si une idée vous revient, n'hésitez pas à m'appeler.

Après cette première rencontre, Ninon comprit qu'elle allait avoir besoin d'un énorme coup de chance pour avancer sur cette affaire. Néanmoins, consciencieusement, elle s'approcha d'une deuxième maison dont elle avait scrupuleusement écrit l'adresse dans son carnet. L'entretien qu'elle eut cette fois-ci, ne lui apprit que peu de choses de plus, elle put juste ajouter dans son calepin, le nom de monsieur Rodrigues Marcel qui avait perdu sa chatte Mimoune la semaine précédente. Mimoune était une vieille siamoise un peu sauvage et Marcel était un vieux monsieur un peu sourd et un peu veuf. Ninon se dit qu'elle commencerait par lui dans l'après-midi. Elle rentra. En chemin, elle oublia un peu les chats et reporta ses pensées vers la photo qui l'interpellait tant.

Elle accéléra le pas, une idée germa et Ninon se retrouva très vite chez elle. Elle lança son ordinateur et en attendant que son écran s'allumât, elle téléchargea sur son téléphone une application qui lui permettrait de scanner les images. Elle l'utilisa pour la photo de Saint-Genis. Quand celle-ci fut scannée, elle s'adressa le fichier par courriel. L'ayant maintenant enregistré dans son ordinateur, à l'aide d'un logiciel basique capable de modifier les photographies, elle put recadrer l'image sur le personnage central. Elle opéra sur ce dernier un zoom avant suffisamment important pour reconnaître l'individu. Elle en était persuadée, si son père avait maigri depuis la prise de la photo, le supposé Laurent ou Lorenzo avait accumulé pas mal de kilos, mais les traits de son visage, ne pouvait pas la tromper. Cet homme, c'était le loueur de voitures de Saint-Genis des Fontaines. Ça collait, il habitait assez près pour s'occuper de sa mère. C'était énorme comme découverte. Ça ne faisait pas de lui un braqueur, ni même un complice, mais Ninon sentait qu'elle tenait une piste, il y avait tant de coïncidences, elle ne lâcherait pas.

Elle ne devait cependant pas négliger son travail, elle chercha donc sur le net, l'adresse de ce monsieur Rodrigues qu'elle devait aller rencontrer en début d'après-midi. Quelque temps plus tard, la voici devant la porte du petit vieux. Ne trouvant aucune sonnette, elle frappa, mais n'obtint aucune réponse. Elle retenta sa chance en cognant un peu plus fort. Personne ne lui répondit dans la maison, mais une voix dans son dos la fit sursauter.

— Et qu'est-ce qu'elle veut la demoiselle, on peut l'aider ?

C'était une voix un peu chevrotante et c'était un monsieur très âgé et très voûté qui avait prononcé ces mots. La surprise passée, Ninon put parler à son tour.

— Bonjour, je viens m'entretenir avec vous sur Mimoune, votre chatte disparue.

— Non, ce n'est pas grave, j'étais dans la rue.

Ninon se rappelant que le monsieur était un peu dur d'oreille, continua plus fort.

— Votre chatte, celle qui est partie, vous voulez me raconter ?

— Moi, c'est Rodrigues, Marcel Rodrigues.

Ninon comprit que l'affaire ne s'annonçait pas simple, elle voulut néanmoins tenter une fois encore sa chance, mais le vieil homme parla le premier.

— Venez dans la maison, suivez-moi.

Ninon s'exécuta et emboîta le pas du vieil homme. Dans sa cuisine, il reprit.

— Il faut que je trouve mes lunettes, je lis sur les lèvres alors quand je ne vois pas bien clair, je n'entends pas…

Ninon se retint de rire, monsieur Rodrigues avait su s'adapter à sa manière à son handicap et rien que pour ça, il lui inspirait du respect. Quand il eut chaussé ses lunettes, le dialogue put enfin s'instaurer.

— Bonjour, je viens pour votre chatte Mimoune, vous pouvez m'apprendre quelque chose.

— Elle n'est plus là Mimoune, elle est partie… Elle traînait toujours, elle vivait dehors. Elle n'est point rentrée.

— Vous avez essayé de la chercher, vous l'avez appelée ?

— Pas trop non, si s'en est un qui l'a chopée pour la manger, ce n'est pas la peine de s'égosiller. Elle ne répondra pas.

— C'est votre crainte qu'elle ait été mangée ?

— Il paraît que c'est fameux le chat, mon aïeul disait qu'il n'y avait rien de plus fin… Mais mon père n'en mangeait pas, moi non plus, je n'ai pas été élevé ainsi… Pauvre Mimoune… Il y a des jours, elle allait vers le canal, je la voyais, elle y fonçait directement, sans se retourner. Mais après, elle revenait… Mais pas là. Voilà, je ne sais pas quoi dire d'autre.

— Écoutez, monsieur Rodrigues, c'est gentil de m'avoir répondu, j'espère qu'elle rentrera. Au revoir.

En sortant de la maison, Ninon se sentait un peu nauséeuse. L'idée de cuire un chat au four ou à la casserole lui retournait l'estomac. Elle se dit qu'il valait mieux pour elle continuer ses interviews, cela chassera peut-être ses horreurs de sa tête. Elle pensa que ce serait peut-être bien de poursuivre ses recherches du côté du canal puisque Mimoune allait souvent par là. Ce matin, elle avait repéré un gros chat noir qui rentrait dans une maison du coin. Elle se dirigea vers la bâtisse en question et sonna. Une dame vint ouvrir, c'était une jolie mamie qui lui faisait un peu penser à sa grand-mère. Elle avait les cheveux blancs, très bien coiffés avec des reflets violets certainement dus au choix de sa teinture. Elle portait un gilet de laine bleu qu'elle tenait d'une main, croisé sur sa poitrine.

— Bonjour, Madame, je suis journaliste et j'enquête sur la disparition des chats dans le quartier, j'ai vu que vous aviez encore le vôtre, vous n'avez pas eu de souci ?

— Oh non, mademoiselle, je ne savais pas qu'il y avait des minets qui disparaissaient, il faudra que je fasse attention alors. Moi j'ai plutôt le problème inverse, j'ai toujours vécu avec deux chats, mon pépère, qui est tout noir et puis le rouquin, lui, il dort constamment sur le radiateur, mais il est tombé malade avec ses croquettes. C'est le vétérinaire qui me l'a dit. Il m'a précisé qu'il fallait arrêter les croquettes et lui donner de la nourriture traditionnelle, des choses cuisinées quoi. Depuis quinze jours, il ne mange que de bons petits plats et j'ai récupéré trois autres chats qui sont venus se goinfrer dans ses gamelles. Ils ne sont jamais repartis. J'en héberge cinq maintenant, c'est un peu trop, mais je ne peux pas les mettre à la rue, ils sont gentils.

— Mais ce sont peut-être ceux que les gens du quartier croyaient disparus, ils vivent tous chez vous.

— Oh, je n'y avais pas pensé, je ne savais pas, j'imaginais que c'étaient des chats perdus. J'avais bien remarqué qu'ils ne paraissaient pas trop maigres. Moi, je ne veux pas d'ennuis, je ne les ai pas volés, les chats, ils sont venus tous seuls.

— Vous faites trop bien à manger, Madame. Ce n'est pas grave, il faudrait juste pouvoir prévenir leurs propriétaires. Je vais écrire un article dans le journal et s'ils le lisent, ils sauront où ont migré leurs chats et ils viendront peut-être les récupérer. Bon, j'ai terminé mon travail ici, l'affaire est résolue, je vais aller rédiger mon texte.

— Oh là là, vous direz bien que ce n'est pas de ma faute.

— Ne vous inquiétez pas, Madame, continuez à gâter ces boules de poils. Au revoir.

Ninon repartit à son domicile, le devoir accompli. Le long du chemin qui la ramenait chez elle, elle se demanda si elle voulait vraiment continuer à couvrir ce genre d'affaires. Bien sûr, elle rendait service à la population en cherchant la vérité et en les informant, mais au plus profond d'elle, elle s'ennuyait, elle rêvait d'autre chose. Il lui restait cependant un article à rédiger et à soumettre à son patron… Elle se dit qu'il pourrait bien s'agir du dernier. Dans son appartement, pour se réchauffer, elle fit infuser un thé et fixant l'eau chaude, qui se colorait, son esprit se vida des aventures félines qu'elle venait de vivre. La photo du fils de Claudine, Laurent, l'ami de toujours, occupa la place laissée libre. Il lui fallait une confirmation, mais vers qui se tourner sans éveiller trop de soupçons sur le scénario qui prenait forme malgré elle au plus profond de sa tête ? Elle attrapa dix fois son téléphone et le reposa autant de fois. Le thé était prêt, elle en but une gorgée et l'ayant à peine avalée, reprit ce portable qui semblait lui brûler les doigts et elle appela Mo.

— Mo, bonjour, comment vas-tu, je ne te dérange pas ?

— Oh pitchoune, tu ne me dérangeras jamais, j'encaisse juste mon dernier client et je suis à toi… Voilà, dis-moi ? Que puis-je pour toi ?

— J'aurais besoin d'un renseignement, mais d'abord, tu dois me promettre que tu ne parleras pas de mon appel à mon père.

— Tu veux lui faire une surprise, super, je marche.

— Une surprise ? Oui, c'est ça, une surprise… J'aurais besoin de savoir… Le fils de Claudine, ce ne serait pas l'homme qui loue des voitures à Saint-Genis ?

— Si, bien sûr, mais quel rapport avec Calou ?

— Ce sont de vieux amis et j'ai trouvé une photographie où ils posaient ensemble, je voulais juste m'en assurer pour ne pas dire de bêtise. Tu ne répètes rien, hein.

— Ninon, j'ai promis, quand je promets, je promets. Bisous, petite.

— Bisous Mo, à bientôt.

Cette fois-ci plus de doute, l'homme si convivial qui lui a accordé un tarif préférentiel avait vu son nom sur ses papiers. Il savait qui elle était, peut-être même qu'il avait parlé d'elle avec sa mère. Comment expliquer alors qu'il avait tu son amitié avec Calou et Angélique, avait-il des choses à cacher ? Avait-il simplement honte de ses années de silence ? Ninon était convaincue que Lorenzo et Laurent ne faisaient qu'un. Hélas, ce n'étaient que supputations, il lui fallait des preuves ou au moins quelque chose de tangible qui pourrait faire dire des choses à cet homme. Elle voudrait savoir ce qui s'est passé entre la dispute des deux complices dans la voiture et l'arrestation de son père.

Elle utilisa le reste de la soirée à téléphoner à ceux qui lui manquaient. En premier lieu, elle appela Manu et Calou, mais aussi Ludivine. Elle répéta chaque fois, son histoire de chats et sa lassitude à rédiger des articles sans intérêt pour des lecteurs qui focalisaient uniquement sur la page des avis de décès et sur celle des résultats sportifs… Entre chaque appel, elle prenait un temps pour surfer sur la Toile, sans savoir exactement quoi chercher. Pourtant, sans y réfléchir, ses doigts ont tapé sur son clavier « Laurent Location, Saint Genis des Fontaines ». La page qui s'est alors ouverte sollicita toute son attention. C'était une page d'informations légales sur les entreprises. Elle y apprit que cette entreprise a été créée au début de l'année 1998, le 6 janvier, très précisément. Elle sut aussi l'apport que monsieur

Laurent Sanchez avait dû fournir pour se porter acquéreur du local et du fond commercial. Elle se dit que Sanchez sonnait parfaitement espagnol comme Lorenzo. La somme qu'il avait avancée semblait disproportionnée au regard du niveau de vie de Claudine Sanchez. Où avait-il pu trouver cet argent ? Certes, les deux mille cinq cents euros du larcin n'auraient pas suffi, mais ils auraient pu faire l'appoint. Avec ces nouvelles informations, elle se dit qu'elle était armée pour le pousser à avouer, qu'il reconnaisse au moins qu'il était à l'origine du braquage. Mais comment faire à huit cents kilomètres de lui ? Si elle écrit, il jettera la lettre et si elle téléphone, il lui rira au nez. Non, il fallait qu'elle retourne sur place. Mais elle n'allait pas continuer ainsi, les allers-retours, ça va un moment, mais bon. Il paraît que la nuit porte conseil alors, Ninon se prépara pour s'endormir.

Le lendemain, elle pouvait rester à la maison. Il lui fallait juste rédiger son article. Il lui restait jusqu'à jeudi pour l'envoyer à son chef, elle était largement dans les temps. Elle décida donc de ne pas stresser et de vaquer à quelques tâches domestiques qu'elle effectue habituellement en courant entre deux rendez-vous. Elle plia et rangea son linge qui avait bien séché. Elle était satisfaite de ne pas avoir à le repasser. Elle se rappela les mots éternels de sa grand-mère : « linge bien pendu, pas de temps perdu. » Ce souvenir la fit sourire. Elle arrosa également ses plantes et pour chacune d'elles, elle glissa un petit mot. Elle pensait que chaque être vivant avait des besoins vitaux et que la communication constituait un de ces besoins et puisqu'une plante vit, il est normal de lui parler.

Avant de s'installer à l'ordinateur, elle jeta un œil dehors, elle vit sur le parking d'en face, sa voiture qui semblait encore dormir. Elle se rappela que depuis plus de trois semaines, celle-ci n'avait pas démarré. Elle se promit donc que lorsqu'elle aura terminé son article elle irait faire un tour, mais à cet instant, elle n'avait ni envie de s'habiller ni envie de se maquiller ou se coiffer. Il faisait bon dans son petit meublé et pour l'heure, elle ne voulait pas sortir. C'est donc en pyjama et les orteils à l'air qu'elle envisagea sa journée de travail. À l'école, ses professeurs lui répétaient toujours : « Ninon, tu écris ton article et le titre viendra tout seul, il s'imposera. » Mais le titre, elle l'avait déjà, alors elle tapa :

La dame, qui faisait trop bien à manger

Ce titre lui plaisait, elle n'y mettait pas les chats en avant, car franchement, mis à part ceux qui en ont et qui les aiment, qui lirait un article traitant des chats ?

Dans notre village, dans un quartier historique, un mystère avait vu le jour. Au cours des deux dernières semaines, les propriétaires de chats constataient avec angoisse la disparition de leurs si chers amis poilus. Chacun imaginait le pire des scénarii. Se pourrait-il que parmi nous, sur le territoire de notre belle commune, des individus aient revisité les recettes de quelques ancêtres pour se nourrir de chair féline ? Heureusement, il n'en était rien, les chers animaux avaient simplement trouvé, non loin de chez eux, des mets forts à leur goût et une cuisinière beaucoup trop gentille. Elle leur préparait avec amour des tas de bons petits plats, tant et si bien que même les plus sauvages d'entre eux, une fois rassasiés, s'endormaient près de leur nouvelle amie jusqu'au repas suivant. Si votre chat n'est pas revenu de sa promenade quotidienne, allez faire un tour rue du Canal, vous y verrez une jolie maison aux volets verts. Vous aurez de fortes chances de retrouver, Mimoune, Evil, ou Clovis dans la cuisine d'une bien trop gentille mamie. Surtout, ne la grondez pas, elle est bien désolée du tort qu'elle a pu causer malgré elle…

N.V.M.

Ninon enregistra son article, mais le laissa ouvert sur son écran, il lui arrivait souvent, lorsqu'elle a pondu quelque écrit, de changer un mot ou une virgule en passant devant. Cette fois, elle ne pouvait plus repousser l'échéance, la journée était largement avancée et il lui fallait vraiment se préparer pour aller faire le tour promis avec sa voiture. C'est donc à la salle de bain qu'elle passa un long moment. Elle en sortit métamorphosée. Elle y entra poupée de chiffon, elle réapparut poupée de porcelaine. Elle attrapa les clés suspendues à côté de la porte, traversa la route et prit le volant. Elle la trouva très spacieuse en comparaison de la petite italienne qui l'avait promenée pendant ses vacances. Elle démarra, mais ne savait toujours pas où aller. Elle décida donc de suivre simplement la voiture qui la précédait sans se poser de question. Au bout d'un quart d'heure, ayant le sentiment d'être allée assez loin, elle mit son clignotant, se gara sur le bas-côté de la chaussée et opéra un demi-tour, retour à la case départ. Elle stoppa son moteur sur la place même qu'elle occupait avant sa petite balade. Ninon aimait bien la garer à cet endroit, car depuis sa fenêtre, elle avait sur elle une vue imprenable.

Elle regagna son appartement puis Ninon relut l'article qu'elle avait laissé sur son écran. Elle n'y toucha pas, ne le modifia pas, mais en le survolant plusieurs fois, elle s'est convaincue que son plaisir et son avenir clignotaient sous ses yeux. Il s'agissait de l'écriture. Quand elle cherchait le bon mot, quand elle l'associait aux mots voisins, quand ensemble ils formaient une phrase et traduisaient une idée, elle jubilait. Elle éprouvait un sentiment de plénitude, pas très loin de l'extase. Elle trouvait que cette activité possédait souvent un caractère jouissif. Quand le texte se suffisait à lui-même, quand ses accords flirtaient avec la beauté, il pouvait déclencher en elle, une sorte d'orgasme intellectuel. Cette image un peu exagérée la fit sourire et la rendit simplement heureuse.

Si elle ne pouvait se consacrer qu'à l'écriture ! Il n'y avait pas de lieu prédéfini pour écrire, elle pouvait écrire n'importe où en France, à Saint-Genis aussi. Elle avait besoin d'en parler à Ludivine avant de prendre une décision trop hâtive. Car si elle s'en allait, la vie de son amie aussi serait impactée, elles n'ont jamais été réellement séparées.

En cette fin de journée, il lui parut important de réfléchir aux changements qu'induirait un départ quelque peu précipité. Avant de se triturer le cerveau pour en faire jaillir des illuminations, elle envoya à Ludivine, un message lourd de sens. « Coucou ma Lulu, besoin d'aide pour une grande décision, je t'attends demain. » Elle alluma ensuite la télévision qu'elle ne regarda pas, prit des feuilles blanches et un stylo, mais n'écrivit rien, pensa beaucoup, mais ne statua pas. Le sommeil la gagna, ses rêves l'envahirent. Elle se vit écrivaine, dédicaçant ses livres aux personnes qui comptaient pour elle et parmi ces personnes, Lorenzo dont le visage était caché sous une cagoule noire.

Le jour d'après, le moral de Ninon fluctuait, elle sentait que sa vie se tournait vers un nouvel avenir. Cet avenir, elle ne pouvait pas encore dire s'il prendrait corps dans l'Est ou dans le Sud, si Jean-Louis et son quotidien en faisaient partie ou si écrire allait devenir sa seule respiration. Elle se sentit tellement perdue, elle ne savait plus où se trouvait sa place, elle ne savait pas ce qu'elle voulait. Elle attendait Ludivine, ses yeux se posaient cent fois sur chaque objet donnant l'heure. Elle n'avait jamais envisagé que cette fille faisait partie d'elle-même à ce point. Elle était à la fois son inspiration et sa conscience. Enfin, l'amie tant attendue arriva. Dans son allure, Ninon a tout de suite senti que si elle n'était pas vraiment paniquée, elle manquait de sérénité. Elle avait perçu l'importance de ce rendez-vous.

— Ça va ma puce, tu m'as intriguée avec ton message, il n'y a rien de grave, j'espère ?

— Grave non, mais compliqué, oui. J'ai besoin de toi, je ne sais pas quelle tournure donner à ma vie.

— Comment ça, explique-toi.

— Mon travail au journal ne me plaît pas, je m'ennuie, regarde sur l'ordinateur, j'ai écrit un article hier. Les gens que je rencontre sont bien gentils, mais je ne vois pas où ça peut me mener, certainement pas au prix Pulitzer.

— C'est sûr, l'écriture est belle et agréable, mais le sujet ne casse pas trois pattes à un canard, d'autant plus que tu ne parles pas de canards… J'essaie de glisser un peu d'humour pour te décoincer. Alors OK, admettons que tu quittes le journal. Qu'est-ce que tu deviens ?

— Juste auteur, j'aime aligner les mots, mais est-ce que j'en suis capable ? Rédiger un article ou écrire un roman ou ne serait-ce qu'une nouvelle, c'est différent.

— C'est sûr, mais, à la façon dont tu manies les mots, je ne me fais pas trop de soucis. Puis avec les vacances que tu viens de passer, tu tiens un sujet de premier choix. Seul souci, si tu claques la porte du journal, tu n'as plus du tout d'entrées d'argent, tu fais comment pour vivre ?

— Ma grand-mère m'a laissé une belle somme avec la vente de sa maison, ça me permettrait d'avoir un peu de temps pour écrire et être édité. Puis je me disais que si j'allais vivre avec mon père, on partagerait le loyer, ce serait bien pour lui et bien pour moi.

— Mais ça, ça veut dire que tu t'en vas, et donc que moi, je reste seule ici.

— Tu vois, c'est une mauvaise idée, je vais garder ma place au journal et je continuerai à parler des chats perdus et des chiens écrasés.

— Je n'ai jamais dit ça, après tu vas me le reprocher, on va se fâcher et je serai également seule. Non, il faut peser le pour et le contre… Tu veux écrire et être publiée ?

— Oui.

— Tu veux payer moins de loyer ?

— Oui.

— Tu veux te rapprocher de Manu ?

— Ce serait bien !

— Tu as assez d'argent pour te lancer ?

— Oui, pendant un temps.

— Tu as de la place pour m'accueillir en vacances ?

— Ça oui.

— Tu me téléphonerais au moins une fois par semaine ?

— Oui, oui, oui, plus encore.

— Alors qu'est-ce que tu attends, écris vite ta lettre de démission à Jean-Louis et file !

— Oui, mais mon appartement ? Je ne peux pas partir si vite, mon propriétaire ne va pas accepter.

— Sauf si tu trouves toi-même quelqu'un pour reprendre la location, moi ça m'intéresse. À vingt-cinq ans, il est temps que je quitte le cocon familial.

— Donc, toi tu le quittes et moi je le rejoins… C'est drôle la vie. Dis, avant de m'emballer et de démissionner, il faudrait peut-être que j'appelle Calou pour savoir s'il veut de moi chez lui.

— En effet, ce serait mieux, mais je pense qu'il ne pourra pas te refuser, tu trouveras les bons arguments. Si ça ne te dérange pas, je vais aller pleurer chez moi, parce que je vais perdre ma meilleure amie, ce n'est pas rien. Je vais également préparer mes parents à l'idée que je vais prendre mon envol, je sens que tout pourrait aller très vite.

— Si tout fonctionne, je pars ce week-end.

— Qu'est-ce que je disais, c'était sûr ? En vérité ma puce, je crois que tu avais déjà pris ta décision, tu voulais juste que les mots sortent de ma bouche pour avoir moins de remords.

Les filles se tombèrent dans les bras comme cela leur arrivait souvent, mais ce jour-là, des rires et des larmes se mêlèrent dans leur étreinte. Ludivine embrassa encore une fois son amie et dévala l'escalier pour ne pas montrer ce chagrin qui gagnait en intensité minute après minute. Depuis le trottoir, elle lui cria entre deux sanglots :

— Je t'appelle demain.

Seule face à son destin, Ninon aurait pu paniquer, mais grâce au soutien sans faille de Ludivine, elle se sentait forte, déterminée et lucide. Dans l'affolement, elle aurait certainement appelé son père instantanément, mais non, elle allait attendre qu'il fût rentré de son travail. Ils pourront mieux parler s'il est tranquille chez lui. Mais lorsqu'il fut dix-huit heures tapantes sur tous ses cadrans, elle composa son numéro.

— Allo, papa.

— Oui Pitchoune, qu'est-ce qu'il y a, tu parles avec une drôle de voix ?

— Ce n'est rien, j'ai un peu pleuré, mais c'est parce que j'ai pris une grande décision, mais j'ai besoin de ton accord.

— Tu m'inquiètes Ninon, personne ne s'est jamais préoccupé d'obtenir mon accord, je te rappelle que même pour mon travail, tu m'as mis devant le fait accompli.

— Oui, je sais, mais là ce n'est pas pareil, quand grand-mère est décédée, j'ai eu pas mal d'argent, je n'y ai jamais touché. Maintenant, je voudrais l'utiliser pour quitter mon métier qui ne me plaît pas vraiment et je souhaiterais écrire des choses pour moi, des romans, des histoires… Et l'argent de grand-mère me permettrait de tenir en attendant de voir si je peux vivre de ma plume. Et puis je viendrais habiter avec toi… Si tu le veux bien sûr. Je paierais ma part, ce serait bien pour toi et je pourrais cuisiner et te véhiculer, je possède une voiture… Si tu dis oui, j'arrive samedi ou dimanche.

— Quelle nouvelle ! tu sais que tu seras toujours la bienvenue chez moi, mais tu as bien réfléchi ? Tu connais le métier d'artiste, par moment ce sera bien, mais à d'autres, ce sera galère.

— Ça ne me fait pas peur, alors c'est oui ?

— Bien sûr que c'est oui, tu parles d'une surprise. Tu me rediras quand tu arrives vraiment.

— Pas de soucis papa, je te rappelle demain ou vendredi. Bisous, merci.

Elle raccrocha et envoya à Ludivine : « Coucou, Calou OK ». Bien sûr, envahie par l'excitation suscitée par l'imminence de son changement de vie, elle n'en resta pas là, elle fit courir ses doigts sur le clavier de son ordinateur pour tourner définitivement la page. Elle envoya un courriel à son patron, en expliquant que l'article sur les chats marquerait la fin de sa collaboration avec le journal. Que pour des raisons personnelles et familiales elle était amenée à déménager dans les délais les plus brefs ! Qu'elle espérât que son remplacement ne pose pas de soucis particuliers ! Elle joignit à son courriel son dernier article et pressa sur « envoyer ». Elle se rendit compte alors que ce n'était pas qu'un message qu'elle adressait, c'était aussi toute une partie de sa vie, un paquet de frustrations, trop d'envies refoulées. De ce fardeau délesté, elle faisait de la place à son bonheur et ce bonheur elle devait le partager et faire part de sa décision. Elle appela Manu, elle voulait tout lui dire, ses découvertes sur Laurent, sa discussion avec Lulu, son coup de fil à Calou, son message au journal, son emménagement définitif à Saint-Genis dès le week-end suivant. Manu subit une déferlante d'informations toutes aussi inattendues les unes que les autres. Il ne pouvait rien commenter, les enchaînements étaient trop rapides. Il ne put que confirmer que tout semblait très positif et qu'il ferait tout ce qui était possible pour être à ses côtés dans la nouvelle vie que Ninon allait construire. Avant de raccrocher, Ninon lui demanda :

— Je me rapprocherai, tu viendras me voir ?

— Chaque fois que tu voudras de moi.

Ninon savait qu'elle ne reviendrait plus sur sa décision, trop de monde était au courant maintenant. Pour qui passerait-elle si elle enclenchait la marche arrière ? Le lendemain, il lui faudra gérer les démarches administratives qui acteront plus encore le tournant qu'elle allait donner à son existence. Elle refermera ses bagages le jour suivant, elle était super entraînée à cela, entre ses vacances et ses virées à Toulouse. Elle pourrait prendre la route dès samedi si tout se passait bien. Ainsi les dernières heures de sa journée et les premières de sa nuit furent occupées par l'organisation et la planification de ses ultimes moments en Franche-Comté. Comme rien ne vint troubler le bon déroulement des opérations, Ninon se retrouva à charger sa voiture de tout ce qui lui permettrait de faire le lien entre ses deux vies. C'était un samedi à huit heures, elle allait partir, mais elle attendait Ludivine qui devait arriver pour l'embrasser et prendre possession de son appartement. Son amie de toujours se gara en trombe sur le parking au moment où Ninon allait l'appeler sur son portable. Elle arborait une tenue de déménageur disco, survêtement rose, baskets à paillettes, la totale. Charrié par un trop-plein de larmes, son maquillage coulait abondamment sur ses joues, mais à ce détail près, elle restait la Lulu, qui avait toujours partagé les grands moments de Ninon. Les filles demeurèrent de longues minutes serrées l'une contre l'autre, à se promettre des tas de coups de fil, et des retrouvailles les plus rapides possibles. Il était temps pour Ninon de donner son trousseau de clés à Ludivine. Elle écourta la scène des adieux, afin d'éviter à son amie de finir les pieds dans une flaque de rimmel ou dans une mare de gloss. Moteur démarré, Ninon donna un petit coup de klaxon, sortit le bras par la vitre ouverte et fit signe de la main, jusqu'au premier virage qui la dissimula à la vue de Ludivine.

Nouvelle vie

Lorsque Ninon arriva en fin d'après-midi devant la petite boulangerie, ses jambes étaient comme tétanisées. Elle n'aurait jamais cru que huit cents kilomètres, seule à conduire, auraient cet effet sur sa personne. Elle avait pourtant effectué toutes les pauses recommandées par la sécurité routière, à savoir un quart d'heure toutes les deux heures. Elle réussit non sans mal à s'extirper de sa voiture, mais resta un instant debout, portière ouverte, appuyée contre la carrosserie. Ses guiboles n'étaient que fourmillements. Elle ne pouvait bouger ni aucun orteil ni la moindre articulation. C'est à grands coups de frictions manuelles qu'elle parvint à esquisser les premiers mouvements de pieds. Quand enfin, elle fut rassurée sur la mobilité de ses membres inférieurs, elle enchaîna quelques exercices d'assouplissement. Elle s'aperçut que la boulangerie n'était pas encore fermée. Elle joua donc à la cliente de base et poussa la porte vitrée. Mo, la vendeuse, lui tournait le dos, elle nettoyait la trancheuse à pain en retirant les miettes laissées là, tout au long de la journée. En changeant légèrement sa voix, Ninon lança :

— Bonjour, Madame, je voudrais un pain de campagne tranché, s'il vous plaît.

Mo se retourna.

— Oh « Pitchoune », tu es arrivée, tu viens vivre vers nous, on te manquait trop. Calou ! Viens vite, ta petite, elle est arrivée.

L'ensemble du fournil se vida, car outre son père, Bastien et l'apprenti déboulèrent, eux aussi, vers les filles. Les embrassades se succédèrent, se croisèrent puis enfin cessèrent. Mo reprit :

— Tu es très chargée, tu rapportes beaucoup de choses ?

— J'ai apporté quelques valises, une ou deux plantes, mon ordinateur et mon imprimante, sinon j'ai tout laissé à mon amie qui a repris mon appartement.

— Les garçons vont t'aider, moi je vais finir de nettoyer et on va fermer. Calou, tu ne redescendras pas, tu resteras avec ta fille, vous trouverez des tas de choses à vous dire.

Chaque paire de bras musclés, attrapa ici une valise, là une plante et en cortège, rejoignirent l'appartement de Calou qui dorénavant serait aussi celui de Ninon. Les hommes forts posèrent tout dans la chambre que Ninon avait quittée une semaine plus tôt. Elle en ouvrit la fenêtre pour y renouveler l'air et chercha Calou pour s'accrocher à son cou.

— Je suis contente, papa.

— Moi aussi, tu me rends heureux, mais tu as bien réfléchi ?

— C'est trop tard pour hésiter, j'ai pris ma décision. Je m'installerai correctement demain, aujourd'hui, je suis trop fatiguée.

— Alors, repose-toi. Je m'occupe de tout, je t'appellerai pour passer à table.

Ninon repartit dans sa chambre, s'allongea sur son lit et envoya quelques messages. Elle prévint principalement Ludivine et Manu de son arrivée à Saint-Genis et de l'accueil chaleureux dont elle a bénéficié. Quelques instants plus tard, la voix de son père la sortit de ses conversations par messages interposés. Ninon s'installa en face de son papa, il lui avait préparé un petit plat du sud dont il avait le secret. Père et fille se parlèrent peu pendant ce repas, ils se regardaient, se souriaient, semblaient heureux de passer du temps ensemble. Alors que Calou garnissait leurs assiettes d'odeurs et de couleurs méditerranéennes, Ninon lui dit :

— Je voudrais raconter mon histoire papa, tu te rends compte du sujet que je tiens, je pourrais dire tellement de choses.

— En effet, mais ça ne te fait pas peur de te livrer comme ça, les gens qui vont lire sauront tout de toi.

— Oui, mais je pourrais changer les lieux, les noms des protagonistes. Il n'y aurait que quelques personnes qui sauraient que je parle de moi. Franchement, ça ne me gêne pas trop, mais si je veux ton avis, c'est qu'en divulguant des choses sur moi, je dirais aussi un peu de toi, un peu de maman et de tous les autres.

— Je ne vais pas briser ton rêve alors, je te laisse écrire, mais promets-moi que je serai le premier à te lire. À ce moment, je te dirai si tu peux publier ou pas, ça te va comme accord ?

— Ouais, mais tu promets de ne pas lire tant que je n'aurai pas fini.

— Ça marche, j'espère que tu feras preuve de gentillesse avec moi, même si je sais que je n'ai pas été un père formidable et que j'ai commis pas mal d'erreurs dans ma chienne de vie.

— Tes bêtises, tu les as payées et moi je te les ai pardonnées. D'ailleurs, je ne sais pas si elles sont si énormes que ce que tout le monde a cru et toi le premier, mais ça, c'est une affaire entre ta mémoire et moi. On en reparlera bientôt.

— Tu m'inquiètes Ninon, j'ai payé assez cher, ne cherche pas trop.

— Bientôt papa, j'ai dit, on en reparlera bientôt, pas ce soir. Là, je m'occupe de la vaisselle si tu veux aller te coucher, n'hésite pas. Je commence à comprendre le rythme d'un boulanger. Au fait, ça se passe bien.

— Pas de soucis, tu m'as trouvé de super patrons qui me font de plus en plus confiance. C'est bien que tu sois arrivée, car je n'ai pas encore pris un seul jour de congé et Bastien voudrait bien que j'en pose un, sur une plage fixe chaque semaine. Tu me donneras ton avis.

— OK, à demain.

Ninon s'attela à la vaisselle, nettoya la table et chercha machinalement une cigarette dans son sac. Elle l'aurait bien fumée sur le balcon puis elle s'est rappelé que ça faisait une semaine qu'elle n'en avait plus grillé une seule et que ça ne lui avait pas manqué. Pour contourner cette envie subite, elle décida d'aller vider une valise. Cela lui permettrait de trouver un pyjama pour la nuit et ça l'avancera pour le rangement qu'elle avait remis au lendemain. C'est ainsi qu'elle tomba sur un pyjama d'été constitué d'un haut sans manches de type débardeur et d'un short. Il lui sembla un peu léger, mais comme les températures de Saint-Genis diffèrent tant de celles de Voujeaucourt, il pourra suffire. Elle passa à la salle de bain où elle s'octroya un peu de place pour poser ses brosses à cheveux, son maquillage, son gobelet et sa brosse à dents. Chaque espace ainsi conquis limitait d'autant la surface disponible pour le nécessaire de son père. Son territoire suffisamment marqué dans ce premier lieu, elle retourna dans sa chambre pour se coucher. L'envie de fumer avait disparu, il ne restait plus qu'à rêver.

Sa fatigue devait être immense, elle n'émergea qu'à 10 heures passées, le dimanche matin. Elle traîna dans son pyjama d'été, constata qu'elle n'avait pas froid pour autant. Elle prit un petit-déjeuner gargantuesque qu'elle conclut d'un kiwi bien mûr qui semblait n'attendre qu'elle dans la corbeille à fruits. Pour se donner bonne conscience, il lui parut sage de surseoir au repas suivant et de s'autoriser un petit goûter si un creux se faisait sentir dans l'après-midi. Enfin, elle se décida à s'habiller et entreprit de gérer au mieux son installation afin de ne pas empiéter sur le domaine de Calou, mais pour trouver malgré tout, ses marques en aménageant son territoire.

Elle repéra, en priorité, des emplacements pour les quelques plantes qu'elle avait rapportées. La première, posée sur un tabouret à côté de la télévision, ne pourrait être mieux ailleurs. Une seconde pourrait se plaire juste à l'entrée en face de la porte. Quant à la dernière, à la condition de supporter le climat méditerranéen, elle trouverait sa place sur le balcon, abritée du vent à côté de la chaise longue. Il était temps maintenant pour Ninon de vider le reste de ses valises. Elle rangea les pulls tout au fond de l'armoire, se disant qu'ici, elle n'en mettrait pas souvent puis sur chaque étagère, elle empila tee-shirts, pantalons, etc. Elle trouva la penderie un peu petite pour y suspendre ses robes et ses manteaux et décida de rapidement faire l'acquisition d'un portant qu'elle pourrait placer dans le couloir vers la salle de bain. Elle pourrait le partager avec son papa. À ce stade, il ne lui restait que des bagages vides à remiser quelque part, ainsi que ses chaussures et son matériel informatique. Pour les valises, elle eut subitement l'impression d'être douée d'une logique exceptionnelle. Elle découvrit que leurs tailles décroissantes lui permettaient de les ranger les unes dans les autres et ainsi il ne lui resta plus qu'à glisser la plus grande d'entre-elles sur son armoire. Les chaussures, quant à elles, trouvèrent leur place dans la buanderie. Elle n'avait plus qu'à s'aménager un endroit à elle, son petit bureau où elle pourrait enchaîner lignes et mots à l'infini sur son écran. Elle aurait bien envisagé le coin du séjour entre la télévision et la baie vitrée. L'idée semblait jouable, mais il lui manquait un plan de travail. Elle posa tout son matériel au sol à cet endroit et se dit qu'elle ferait le lendemain, le tour des magasins, pour trouver une solution. Elle s'étonna de voir son père rentrer.

— Quoi, tu as fini ta journée papa.

— Ben, il est dix-huit heures ma puce, on dirait que tu ne t'es pas ennuyée.

— Je viens de terminer, je n'ai pas vu passer la journée. J'ai l'impression de n'avoir presque rien fait. Tu sais où je pourrais trouver quelque chose pour me construire un bureau, je voudrais l'installer juste là à côté de la télé ?

— Il faut que tu ailles jusqu'à Perpignan, sans ça, tu vas tourner dans les petits magasins et tu ne seras pas assurée de dénicher ton bonheur. Si tu veux, j'appelle Bastien, je lui propose de poser mes jours de congé le lundi et je viens avec toi demain.

— Ce serait super, essaie de le joindre, ainsi on saura comment s'organiser.

— Je crois qu'il traîne encore à la boulangerie, je vais descendre.

Calou repartit et Ninon se posa quelques minutes sur la chaise longue du balcon. En s'y laissant tomber, elle ne put s'empêcher de penser qu'elle n'avait pas pris le temps de s'asseoir de tout l'après-midi, même pas pour boire un thé ou un café. Elle se demanda d'ailleurs si les journées ne passaient pas plus vite dans le Sud que dans l'Est. Ce temps de pause lui fit revenir à l'esprit qu'elle avait une visite importante à rendre le lendemain. Il lui faudrait aller éclaircir certains points avec un dénommé Laurent, loueur de voitures à Saint-Genis. Elle irait seule, elle prétextera un besoin de sortir pour laisser Calou à la maison. Lorsque celui-ci revint, ils parlèrent de plantes, de portant et de valises, de tas de sujets passionnants. Ils évoquèrent aussi la possibilité de faire venir Manu pour la fin de la semaine.

Calou sentit rapidement qu'il lui serait difficile de refuser et que ce rituel risquait de se répéter souvent dans un avenir proche. Après avoir dîné, profitant d'être à la veille de son premier jour de relâche, Calou voulut regarder la télévision avec sa fille. Il fut cependant terrassé par la fatigue accumulée depuis deux semaines, il s'endormit la tête entre les bras sur le bord de la table. Ninon profita donc seule du film du dimanche soir, qu'elle ne suivit que d'un œil distrait, occupée qu'elle était à échanger par SMS avec Manu, l'implorant de venir passer le week-end auprès d'elle. Le sourire qui apparut soudainement sur son visage signifia sans nul doute que l'étudiant avait accepté et qu'il arriverait bientôt. Le cœur léger, elle réveilla précautionneusement son père pour qu'il regagne sa chambre. À la fin du film dont elle n'avait pas regardé le quart de la moitié, elle l'imita.

Le matin suivant, le petit-déjeuner ne dura pas. Les nouveaux colocataires devaient se rendre à Perpignan afin de trouver un bureau pour que Ninon puisse se créer un lieu de travail. Dégoter un meuble pratique qui entre dans un budget serré n'est pas très aisé. Ce n'est que dans le troisième magasin que la solution fut trouvée. Deux tréteaux de bois et un panneau de contreplaqué feront tout à fait l'affaire. Ninon et Calou s'apprêtaient à embarquer la marchandise quand tous deux posèrent les yeux sur une chaise de bureau ergonomique, soldée en raison d'une griffure sur le cuir de son dossier. Mis à part le vendeur, personne ne remarqua le moindre défaut. Sans hésiter, Ninon se proposa de l'acheter, mais reconnut qu'elle ne pourrait jamais la faire rentrer dans sa voiture. Le vendeur lui précisa qu'avec un surplus d'une valeur de vingt euros à peine, elle pourrait bénéficier d'une livraison gratuite. Elle ajouta donc à ses achats une lampe de bureau et remplit les formulaires pour que tout lui soit apporté dans la journée. Calou et Ninon reprirent la route de Saint-Genis.

Dans la voiture, ils commentèrent les bonnes affaires qu'ils venaient de réaliser et se dirent qu'ils devraient plus souvent se prévoir des sorties ensemble. Le camion et ses meubles arrivèrent vingt minutes après eux, les livreurs montèrent tout dans l'appartement. Elle se réserva la mise en place du bureau et l'organisation sur le plateau de tous ses outils informatiques. C'est ainsi que très vite, tout était installé. Ninon n'avait plus qu'à attendre motivation et inspiration pour sauter à pieds joints dans le monde de l'écriture.

Durant les quelques heures qui suivirent, son esprit vagabondait, elle cherchait une excuse pour laisser Calou et s'éclipser afin de se rendre chez un certain loueur de voitures. Mais alors qu'elle terminait une petite mise en ordre de l'appartement, son père s'allongea sur le canapé. Il ne lui fallut pas plus de cinq minutes pour s'endormir profondément. Ceci arrangea bien les affaires de Ninon, elle lui laissa un petit mot évasif du type : « Je suis allée me promener, je reviens très vite. » Elle partit d'un pas décidé. Elle ressentait une sorte d'énorme boule au ventre, mais elle voulait en avoir le cœur net. Elle devait savoir si Laurent et Lorenzo étaient bien la même personne. Elle n'en doutait pas, mais il lui fallait la confirmation et le cas échéant quelques explications sur le déroulement du braquage. Peut-être s'était-elle complètement fourvoyée, elle devait savoir. Devant la vitrine de Laurent, sa bouche était sèche, phénomène certainement dû au stress, elle déglutit deux ou trois fois et poussa la porte.

— Tiens, la jeune fille de l'Est, déjà de retour, on vous manquait tant, que puis-je pour vous demoiselle ?

— Bonjour Lorenzo, beaucoup de choses j'espère.

— Lorenzo ! Cela fait bien longtemps que l'on ne m'a pas appelé ainsi.

— Vingt-quatre ans, je crois, c'est à peu près mon âge.

Il y a eu un silence pesant, comme si Lorenzo cherchait les mots, qu'il devait prononcer à cet instant.

— Oui, je sais… Tu es la fille de Calou et d'Angélique, je l'ai su la première fois que tu es entrée ici, lorsque j'ai vu ton nom sur ton permis de conduire. Je me doutais qu'un jour tu reviendrais et que ce ne serait pas pour louer une voiture, mais je ne pensais pas que ce serait si rapidement.

— Il t'a parlé Calou, il t'a tout raconté ?

— Il m'en a dit beaucoup c'est vrai, mais il reste des zones d'ombre. Je compte sur vous pour les estomper. J'ai besoin de savoir ce qui s'est passé dans cette fin d'après-midi de 1997.

Lorenzo, s'enfonça dans son fauteuil, prit une grande inspiration et commença.

— Ce jour-là, rien ne s'est passé comme prévu… Dans ma jeunesse, j'ai toujours été attiré par l'argent facile. On m'avait donné un tuyau sur une banque qui devait se montrer vulnérable un jour bien précis, aisée à braquer, car pas de clients, effectif réduit et système informatique en rade. Un homme seul devait pouvoir s'y remplir les poches très facilement, en très peu de temps. J'avais bien préparé le coup, mais comme ton père était mon meilleur ami et que je savais qu'il avait des soucis financiers, j'ai voulu lui faire profiter de l'occasion. Bien que j'eus pu mener seul l'affaire, je lui ai demandé d'être mon chauffeur, contre quoi avec le butin que je comptais récupérer, je lui aurais remboursé ses dettes. Il a accepté de participer, je ne l'ai pas forcé. Seulement, arrivés là-bas, après avoir enfilé nos cagoules noires, devant la banque, ce n'était pas tout à fait ça, elle regorgeait de gens, il y avait encore des clients et tous les guichets étaient bondés. Ton père ne voulait plus y aller, il faisait preuve de plus de sagesse que moi, moi j'étais chaud comme la braise et je n'envisageais pas de reculer. J'ai pris une arme que j'avais achetée et avec Calou, une dispute a éclaté, il cherchait à me retenir et moi je souhaitais foncer. Quand il s'est accroché à moi pour m'empêcher de quitter la voiture, je n'ai pas senti la force que j'y mettais, mais je l'ai repoussé si fort que sa tête a heurté sa portière. Il a instantanément perdu connaissance. Après m'être assuré qu'il ne saignait pas et qu'il respirait toujours, je me suis dit que ce n'était qu'à cause du choc, et qu'il allait vite se remettre. Je ne savais pas qu'il allait en perdre la mémoire. Je suis sorti du véhicule, je suis entré dans la banque et me sentant fort avec mon arme, je me suis fait remettre des sacs de billets. J'allais repartir quand un gars a voulu jouer au héros, client ou employé, je ne sais plus. Il s'est jeté sur moi et l'on s'est battu en corps à corps. Soudain, le coup est parti. Je ne pense même pas avoir appuyé sur la détente. J'ai vu le jeune homme s'écrouler au sol et du sang s'échapper de son abdomen. J'ai eu tellement peur, que j'ai juste ramassé un sac et j'ai couru à la voiture. Ton père comatait toujours et j'entendais des gens dans la rue d'à côté qui criaient : « Au voleur, à l'assassin ». J'ai paniqué. J'ai mis le pistolet dans la main de Calou et je suis parti en courant. Après, il a été arrêté et je pense que tu sais le reste.

— Mais alors, il s'est retrouvé en prison pour rien. Quand vous avez vu que ça tournait mal pour lui, vous n'avez pas pensé à vous livrer ou à trouver un moyen de le disculper ou même simplement à vous assurer qu'il allait bien ?

— Je voulais me rendre, mais ma mère m'en a empêché. Elle m'a fait du chantage au suicide et elle m'a conseillé de me faire oublier. J'ai terriblement hésité, mais ta maman était déjà passée à l'acte. Je me suis dit que le mal était fait et puisque ton père souffrait d'amnésie, j'avais une chance de m'en sortir. J'ai créé cette petite entreprise qui me permet de vivre correctement et j'ai arrêté les bêtises.

— Vous vous rendez compte que vous avez détruit ma famille. C'est vous qui avez poussé ma maman au suicide. Vous avez joué avec la vie d'un homme qui ne sait pas s'il a, oui ou non, tiré sur quelqu'un et qui s'en veut pour ça. Il a perdu toute estime de soi et à moi, vous avez volé vingt-quatre années de relations avec mon père.

— Je suppose que maintenant, tu vas me livrer à la justice, c'en est fini pour moi. Ce sera peut-être mieux pour ma conscience. Je vis avec ça dans la tête depuis vingt-quatre ans. Je regrette et ça n'a pas toujours été simple. Tu vois, je sais que ton père est revenu vivre à Saint-Genis, mais je n'ose plus aller acheter mon pain dans la boulangerie où il travaille. Quand je vais rendre visite à ma mère, je prends mille précautions pour ne pas être aperçu. Si tu vas me dénoncer et que je suis incarcéré, il n'y a pas de raison que tu agisses autrement. Promets-moi de prendre soin de ma mère, puisque tu habites ici. Je restais le seul à m'occuper d'elle.

— Je ne sais pas si je veux vous dénoncer et je pense que ce n'est pas à moi de prendre la décision. Ce que je veux c'est que vous veniez raconter tout ça à mon père. C'est lui qui doit connaître la vérité. Vous devez lui rendre sa mémoire.

— Je ne sais pas si je pourrai me présenter à lui.

— Vous n'avez pas le choix Lorenzo, on vous attend demain après son travail, il finit vers 18 heures. Si vous ne venez pas, j'en sais assez pour que la police vous retrouve. Je possède même la preuve que l'argent de la banque a servi à votre installation, toutes les dates correspondent.

— Ce n'est pas si simple, l'argent de la banque était certainement marqué, je ne pouvais pas prendre de risque alors je l'ai blanchi en participant à des paris clandestins truqués. Ça m'a permis de réaliser un petit bénéfice et de regrouper la somme nécessaire pour mon apport de prêt. De la même façon, les billets du larcin se diluaient dans la nature. Plus rien ne me raccrochait au braquage tant que Calou ne parlait pas de moi. Rien que pour ça, je viendrai demain. Pour la suite… Vous aurez mon destin dans vos mains.

Ninon était soulagée, fâchée, déçue, mais soulagée. Son père était le type bien, qu'elle avait envisagé en apprenant à le connaître et cela revêtait une importance capitale, elle n'aurait pas voulu s'être trompée. A contrario, ce qui la minait, c'était cet immense gâchis autour de sa vie. Le décès de sa mère, le rejet de son père par ses grands-parents, ce temps perdu. Elle ne savait pas comment aborder le sujet avec Calou, mais elle devait le préparer à la venue de Lorenzo. Elle ne pouvait pas lui imposer cette confrontation sans un minimum d'aménagements. De retour à l'appartement, elle s'adressa à lui ainsi.

— Coucou, papa, il te convient ce canapé ?

— Il est confortable, mais il m'a piégé, je n'ai pas résisté longtemps, et toi, ta promenade ?

— Très instructive, j'ai rencontré quelqu'un que tu connais, je l'ai invité à venir te rendre visite demain, il veut te dire plein de choses.

— Tu m'intrigues, des personnes qui me connaissent, OK, il y en a quelques-unes à Saint-Genis, j'y ai vécu quelque temps, mais des gens qui désirent me parler, je ne vois pas vraiment.

— C'est un ancien ami, Lorenzo.

— Le « Lorenzo », il est sorti de ma vie ce type, ce n'est pas un cadeau de me le ramener ici. Ce n'est pas cool Ninon, je ne sais pas si je veux le voir.

— C'est important, il doit te parler et je pense qu'il te faut l'écouter. Il viendra après ton travail.

Pour éviter à avoir à répondre aux questions qui envahirent soudainement le cerveau de son père, Ninon se réfugia dans sa chambre. Elle raconta à Ludivine et Manu, les aveux de Laurent, le rôle de Claudine dans cette affaire, l'inutilité du décès de sa mère. Chacun de ses interlocuteurs fit preuve de toute son empathie pour mettre en exergue le positif de ces révélations et atténuer les déceptions, qui pouvaient atteindre et affecter leur amie. Elle réclama à chacun d'eux un énorme câlin à distance pour l'aider à refouler les larmes qu'elle sentait poindre au coin de ses yeux. Ludivine fit remarquer que ce plan à trois, même virtuel, la perturbait un peu. Manu renchérit en assurant à Ninon que leur relation évoluait vraiment trop vite et que le tournant qu'elle y donnait par portables interposés pouvait prêter à confusion sur ses sentiments véritables. Ces remarques, aussi puériles, refoulèrent ses larmes et lui arrachèrent quelques sourires. Lulu et Manu se félicitèrent de l'effet bénéfique de leurs idioties, sur le moral de Ninon.

Le lendemain, Ninon préféra éviter son père jusqu'à l'heure de sa rencontre avec Lorenzo. Elle s'inventa quelques obligations pendant l'heure de midi. Ainsi s'étant absentée une bonne partie de la journée, elle ne croisa son père qu'à la fin de son service à la boulangerie.

— Bonjour, papa.

— Bonjour.

— Ça a été ta journée ?

— Bof, j'ai été perturbé dans mon boulot, c'est à cause de toi tout ça, je n'étais pas concentré.

Sentant qu'elle risquait de prendre une volée de reproches, elle l'embrassa sur les deux joues et fila mettre de l'ordre à ses cheveux dans la salle de bain. C'est à cet instant qu'on frappa à la porte. Calou ouvrit, le cœur battant, face à lui se trouvait son vieil ami ou devrait-on dire son vieux complice.

— Bonjour, Calou.

— Je ne t'attendais plus.

— Tu me laisses entrer, ta fille m'a fait comprendre que je devais te parler.

— Je pense que je n'ai pas le choix, entre et prends une chaise.

Sentant la froideur dont faisait preuve Calou à l'égard de son hôte, Ninon crut bon de venir s'asseoir entre les deux hommes pour jouer le rôle d'intermédiaire si cela devenait nécessaire. Lorenzo reprit mot pour mot les explications qu'il avait données la veille à Ninon. Il insista sur ses regrets et ses remords, ce qui ne fit pas sourciller le père de la jeune fille. Il laissait simplement couler des larmes sur ses joues, ne les essuyait pas, fixait silencieusement le visage de l'homme qui lui parlait. Puis, Lorenzo termina.

— Voilà, tu sais tout, tu es totalement innocenté, j'ai gardé ça depuis toujours et je n'ai rien dit, je n'ai rien fait. Tu peux choisir de me dénoncer, je ne nierai pas et je serai jugé et condamné.

— À quoi bon, tu ne me rendras ni Angélique ni l'enfance de ma fille. Tu ne m'inspires que pitié, tu vas continuer à vivre avec tes méfaits sur la conscience et mon seul regret, c'est que mon amnésie n'ait pas fait que je t'oublie. C'est donc à ça que je vais passer le reste de mon existence, m'efforcer de t'oublier. La porte est ouverte, alors va au diable. Si l'on se croise un jour dans Saint-Genis ou ailleurs, ne t'étonne pas de me voir changer de trottoir. Si tu m'as tout dit, je ne te retiens pas.

Lorenzo se dirigea vers la porte, se tourna une dernière fois vers Calou qui lui présentait déjà son dos et d'une voix tremblante, lâcha :

— Salut.

Le silence demeura la seule réponse qu'il obtint. Il s'en alla, Calou entendit encore quelques pleurs dans l'escalier. Il ferma les yeux et soupira. Ninon le prit dans ses bras et lui souffla dans l'oreille :

— Je suis fière de toi.

Calou la remercia, ses remerciements relevaient-ils de ce câlin ou de toutes ces tractations secrètes pour en arriver à ce tête-à-tête libérateur, elle ne le sut pas. Elle avait accompli ce qu'elle pensait juste. C'était primordial pour elle et elle le concevait nécessaire pour Calou. Il y avait eu assez de non-dits dans leurs vies, trop de mensonges. Tout devrait désormais être transparent entre le père et la fille. Franchise et vérité constitueront à jamais leur ligne de conduite. Il faudra certainement beaucoup de temps pour que Calou reprenne confiance en lui qu'il tire un trait sur ses années d'enfermements et sur sa naïveté. S'il arrivait à se dire qu'il n'est qu'une victime d'un enchaînement de circonstances et de mauvais choix, il reprendrait goût à l'existence et aux petits bonheurs de chaque jour. Ninon l'épaulera dans cette tâche et elle s'y emploiera, il peut compter sur elle.

Pour l'heure, elle doit surtout penser à sa carrière d'auteur, les réserves financières dont elle a hérité finiront par s'épuiser et pour vivre de sa plume, il faut être édité et écrire un texte à publier. Ce soir-là, devant son clavier, tout comme cela lui était arrivé une semaine avant pour un article sans grand intérêt, un titre s'imposa à elle. Ce titre restera comme le début de tout, le début de sa nouvelle vie. Elle posa ses mains sur les touches de son ordinateur et tapa : « La fille de l'amnésique ». Elle le relut lentement dans sa tête, regarda avec une grande douceur son père, il lui demanda :

— Pourquoi me regardes-tu ainsi ?

— Tu m'inspires.

Alors ses doigts retournèrent sur le clavier et avec une agilité déconcertante, ne s'arrêtèrent plus de taper, jusqu'à une heure avancée de la nuit. Deux jours durant, elle ne quitta son bureau que pour manger et dormir. Elle avait, par miracle, eu la bonne idée de programmer une alarme pour aller récupérer Manu à la gare. Ainsi, lorsqu'elle entendit la petite mélodie préalablement sélectionnée, elle éteignit son écran, sachant qu'elle s'interdisait de le rallumer en présence de son étudiant préféré. Il l'attendait déjà quand elle arriva devant la gare, pressé de la retrouver, de la serrer dans ses bras, de l'embrasser.

La soirée s'avéra certainement la plus détendue de toutes celles passées ensemble. Ils se sentaient libres, libres de parler de tout devant Calou. Ninon sortit ses albums photos, celles de son enfance et celles d'avant aussi. Calou s'extasia sur la beauté de sa femme et se remémora les jours heureux. Il raconta des tas d'anecdotes que Ninon ne connaissait pas. Il évoqua sa demande en mariage auprès de ses beaux-parents. À l'époque, il avait tout fait dans les règles et profita de ce souvenir pour mettre une légère pression à Manu. Il lui souligna la chance qu'il aurait, le jour de sa demande, de ne devoir convaincre qu'une personne. Ninon fit la moue, regarda son père et Manu et crut bon de préciser que la seule à convaincre, ce serait elle et que ce n'était pas gagné. Calou qui avait veillé bien plus tard qu'en temps normal donna le signal du coucher et après les passages d'usage à la salle de bain, chacun se retrouva dans sa chambre. Calou dans la sienne, Ninon dans l'autre et Manu, dans celle de Ninon. Les amoureux se couchèrent et subitement des souvenirs embarrassants de leur première nuit refirent surface dans la tête du garçon, instinctivement, il se tourna sur le côté, proposant son dos à Ninon. Celle-ci protesta :

— Serre-moi dans tes bras.

Le jeune homme se retourna un peu maladroitement et passa ses bras autour de sa princesse. Ils échangèrent un long baiser et sans qu'il relâche son étreinte, elle se contorsionna et à son tour, lui présenta son dos. Il voulut l'imiter, mais elle lui dit.

— Reste.

Il obtempéra, elle se colla à lui. Leurs deux corps s'imbriquaient à la perfection, l'un au creux de l'autre. Lorsque le désir du garçon ne put plus être dissimulé, il tenta de s'écarter. D'une main ferme qu'elle appuya sur le postérieur musclé de son homme, elle le retint et bougea avec une lenteur assumée en ondulant. Manu ne pouvait que suivre le rythme imposé et au moment où elle attrapa sa main droite pour la poser sur un de ses seins, il savait qu'il ne s'arrêterait pas, qu'il ne le pouvait plus. Il prit le contrôle des opérations en faisant descendre sa main sur le ventre de Ninon et plus bas encore. Elle le laissa faire, elle voulait qu'il aille plus loin, qu'ils y aillent ensemble. Cette nuit précisément, au « deux, rue de l'Église », à Saint-Genis des Fontaine… Charnellement, ils s'aimèrent.

Imprimé en France
Achevé d'imprimer en janvier 2025
Dépôt légal : juin 2023

Pour

Le Lys Bleu Éditions
40, rue du Louvre
75001 Paris